赵抃集

赵一新 主编

陈 谊 校点

杭州出版社

图书在版编目（CIP）数据

赵抃集 / 赵一新主编；陈谊校点 . —— 杭州：杭州
出版社 , 2024.4
（赵抃全书）
ISBN 978-7-5565-1905-7

Ⅰ . ①赵… Ⅱ . ①赵… ②陈… Ⅲ . ①赵抃－文集
Ⅳ . ① Z424.41

中国版本图书馆 CIP 数据核字（2022）第 187501 号

Zhaobian Ji

赵 抃 集

赵一新　主编　陈　谊　校点

策划编辑	杨清华
责任编辑	何智勇
美术编辑	屈　皓　蔡海东
责任校对	陈铭杰
责任印务	姚　霖
出版发行	杭州出版社（杭州市西湖文化广场32号6楼）
	电话：0571-87997719　邮编：310014
	网址：www.hzcbs.com
排　版	杭州立飞图文制作有限公司
印　刷	浙江新华数码印务有限公司
经　销	新华书店
开　本	710 mm×1000 mm　1/16
彩　插	4
印　张	19.25
字　数	280千
版 印 次	2024年4月第1版　2024年4月第1次印刷
书　号	ISBN 978-7-5565-1905-7
定　价	88.00元

四川成都青白江赵抃塑像

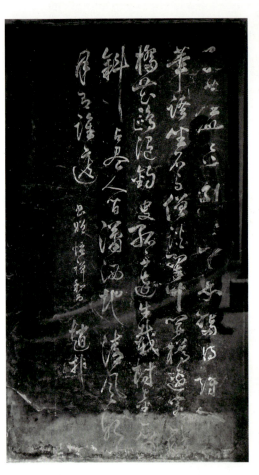

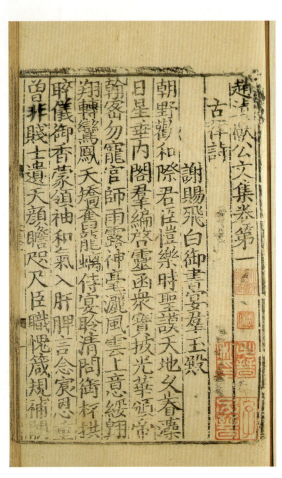

赵抃草书《赠悟禅和尚诗碑》　　宋刻元明递修本《赵清献公文集》（国家图书馆藏）

明成化刻本《赵清献公文集》（国家图书馆藏）

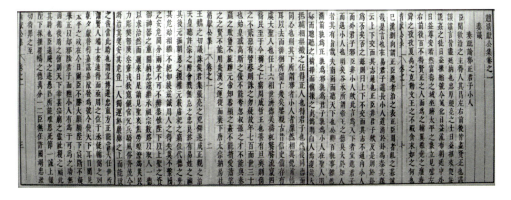

《赵清献公集》卷一奏议内文书影

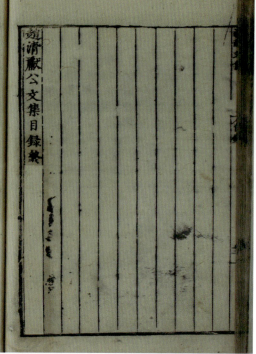

趙清獻公文集卷第一

五言古詩　十五首

題邛州文同判官五箴堂

李唐韓吏部矯矯文宗師立言作諸箴厲世亦自規
游箴警昏惰事業終光輝言箴慎囁囁張口禍福機
行箴死所守衿義無乖遺好惡不悖理戒或私是非
知名懼浮實勳主蘝悠隨五者日戔戔履要以君子歸
與可知道粹期至嚴臭窺誦已記所志礱石鐫其辭
俾之揭堂上使後亦勿隳夫人貴且富非得強自為
入賢去不肖在已不在時希韓亦韓徒中道無已而

次韻樊祖茇秀才連理木

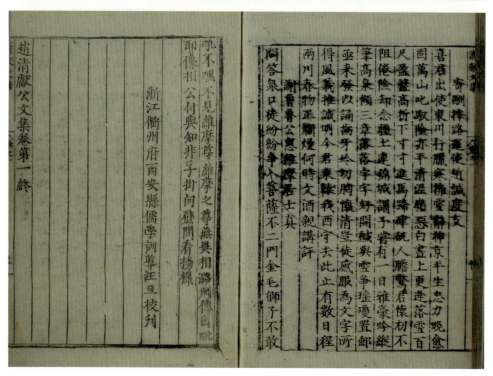

寄酬梓路運使趙誡度支

喜君出使東川行鹽莢摧靈辭神京平生忠力晚愈
固萬山吡馭險亦平清溫遶恶白晝上更迷落雪百
尺盈盤盤高折下寸寸進馬嘶噂人膽驚君懷初不
阻倦險險卻念躐土連錦城謂予嘗有一日雅豪吟懑
筆高泉傾三章落字好開絨與雲爭瑾邊置郵
亞来殊以誦黃牙玲切胸懞清堂徒感服為文字所
得風義推誠叩今君東敕我西守去此正有數日程
兩川春物正嗣煃何時文酒親講評

謝魯魯公惠維摩菩士真

閎答槖口徒紛紛爭八菩薩不二門金毛獅子不敢

乳不喂不見維摩尊　雜摩之尊歟與相游澠州傳出毗
即像相公付與知非子掛向壁間看揚攘

趙清獻公文集卷第一終

浙江衢州府西安縣儒學訓導汪旦校刊

明嘉靖浙江衢州府西安縣儒学训导汪旦刻本《赵清献公文集》（浙江图书馆藏）

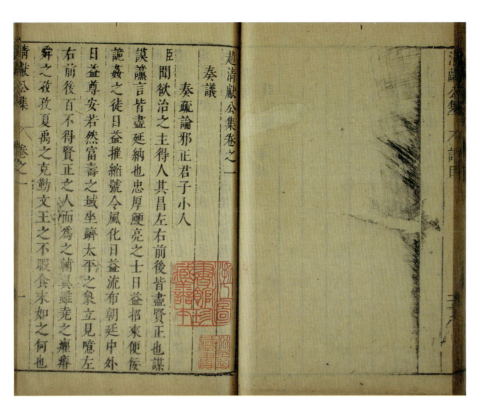

明刻本《赵清献公集》（浙江图书馆藏）

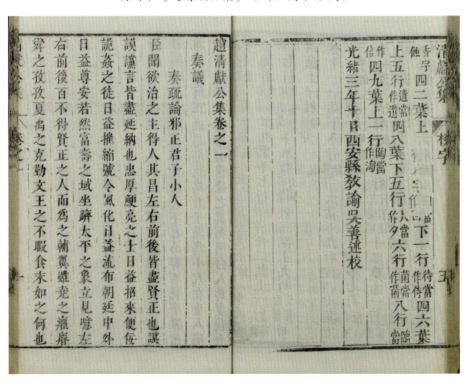

清光绪三年西安县教谕吴善述刻本《赵清献公集》（浙江图书馆藏）

清赵用栋刻本《清献公文集》（浙江图书馆藏）

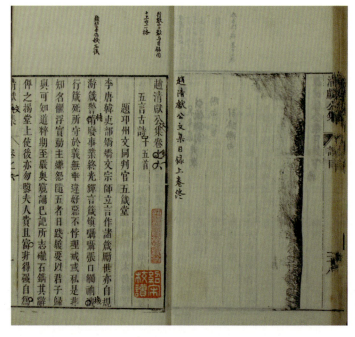

余绍宋批校本《赵清献公文集》（浙江图书馆藏）

《赵抃全书》编纂委员会

主　编：赵一新

副主编：徐吉军　汪　群

编　委：（按姓氏笔画排序）

丁云川　王晓磊　王瑞来

成鸿静　仲向平　刘国庆

杨安雨　杨清华　吴勇韬

何智勇　陈　谊　陈星汉

洪淳生　蒋晓玉　褚树青

重刻清献文集序

　　三衢灵隩，有烂柯、紫微、九龙诸胜，天披神刂，奇特万状；有浮石砥澜，毂波东沛，荡漾乾坤，流而不息。粹凝哲献，若圣胄侨寓，固足为山川之光，挺生其间，如赵清献公，史氏称其凡所为必质诸天，存诚之学密矣。岁嘉靖己未，予承乏来守，暇则取公之文集阅焉。诵其诗，冲淡如陶，而兼李之豪迈，不烦刻削，自成机轴。读其奏疏，有郑公之剀切，而兼宣公之识，浩乎其气，而不可屈挠。论其人，历仕三朝，无适不宜，韩公谓其为世人标表，概可见矣。或谓公友濂溪，而后闻道。要之，公之粹禀夙成，而慎独实跻人不可及。阅是集者，能自得之。惜字画脱落，几不可读。因谋诸二刺薛君文台、监郡张君云田、节推任君钟山，属西安邑庠训导汪旦厘正续梓焉。呜呼，天地之道，一诚也。川流山峙，天地之至文也。公之诗律奏疏，皆诚之所发，可以翼圣而垂训，亦人文之至也，海内传诵久矣。梓之者，岂特存衢之文献哉。

　　嘉靖壬戌岁季冬，赐进士第中宪大夫衢州府知府宜兴安吾杨准书。

目　录

赵清献公文集卷第二

五言律诗一百四首

赵清献公文集卷第三

五言排律十九首

赵清献公文集卷第五

七言排律二首

七言绝句二百八十四首

联　句

赵清献公文集卷第六

奏 议

赵清献公文集卷第八

奏　议

赵清献公文集卷第九

奏 议

赵清献公文集卷第十

奏 议

赵清献公文集卷第一

五言古诗十五首

题邛州文同判官五箴堂

李唐韩吏部，矫矫文宗师。

立言作诸箴，励世亦自规。

游箴警惰废，事业终光辉。

言箴慎嗫嚅，张口触祸机。

行箴死所守，于义无乖违。

好恶不悖理，戒或私是非。

知名惧浮实，动主嫌怨随。

五者日践履，要以君子归。

与可知道粹，期至严奥窥。

诵己记所志，砻石镌其辞。

俾之揭堂上，使后亦勿隳。

夫人贵且富，非得强自为。

入贤去不肖，在己不在时。

希韩亦韩徒，中道无已而。

次韵樊祖安秀才连理木

吾观樊生者，气焰凌云霄。

逢人肆议论，芬馥兰与椒。

去年应秋诏，入贡天子朝。

南宫摈不收，归迹如蓬飘。

长途病憔悴，旧里门萧条。

今时贱未用，无计逃诮嘲。

昨日升吾堂，出诗振琼瑶。

自云世儒学，其胄来遥遥。

异哉先冢上，有木名百寮。

一根初两干，干木仍轶交。

茂育三十稔，曷为风霜凋。

材奇固得地，抱合势已乔。

连理古所瑞，于义尤昭昭。

奚哉私门中，福寿不可邀。

善祥既失效，叹惋成长谣。

吾言异于是，矧世逢虞尧。

力为君子儒，进道勿使消。

积德庆厥后，斯木诚非妖。

张景通先生书堂

志士博古今，名贤口诵圣。

通则施所有，致君翼时政。

穷斯处岩野，信道乐天命。

富贵贫贱间，乌与一息竞。

先生于蜀奇，不为席珍聘。

学易到深处，研几剧精静。

书屋数百椽，寒松夹幽径。

竹森潇洒观，泉逗潺湲听。

小人多谤訾，先生自吟咏。

其徒识所归，归雅不归郑。

今时事薄恶，先生自醇正。

其徒知所入，入贤不入佞。

忧弊以文救，敌邪以道胜。

先生终其为，彼俗徒诟病。

过胡元宾林亭

我尝轻归辕，一息快心目。

亭桥跨幽涧，庇砌森怪竹。

榜句多老词，襟风不韵俗。

开卷味加永，照泉清可掬。

先秋固爽垲，大夏失烦燠。

乐哉于道外，视此乐岂足。

和范御史十一月三日见月

有客冬还吴，孤舟暮停颍。

山收乱云彩，天放新蟾影。

呼童挂帘起，对此清夜景。

横琴弄流水，醉耳谁其醒。

过濠州呈前人

朝离石涧寺，暮泊香山夹。

扬帆复顺流，快若两翼插。

濠州旧风物，愚昔此承乏。

重上庄生台，如梦觉一霎。

郁孤台

群峰郁然起，惟此山独孤。

筑台山之巅，郁孤名以呼。

穷江足楼阁，危压斗牛墟。

直登四临瞰，众势不可逾。

赣川缭左右，庾岭前崎岖。

望阙峙其后，北向日月都。

人家杂烟木，原野周城郛。

烜润或晴雨，明晦或晓晡。

春荣夏物茂，秋肃冬林枯。

气象日千变，一一如画图。

比予去谏舍，乞此养慵愚。

事讹得以正，俗瘵得以苏。

岁丰盗攘息，狱冷冤系无。

熙然与民共，所喜朋僚俱。

中淡有琴咏，外喧有歌歈。

樽罍有美酒，盘 餐有嘉鱼。

优游一台上，四序不暂辜。

乃知为郡乐，况复今唐虞。

题周敦颐濂溪书堂

吾闻上下泉，终与江海会。

高哉庐阜间，出处濂溪派。

清深远城市，洁净去尘壒。

毫发难遁形，鬼神缩妖怪。

对临开轩窗，胜绝甚图绘。

固无风波虞，但觉耳目快。

琴樽日左右，一堂不为泰。

经史日枕藉，一室不为隘。

有莼足以羹，有鱼足以鲙。

饮啜其乐真，静正于俗迈。

主人心渊然，澄彻一内外。

本源孕清德，游咏吐嘉话。

何当结良朋，讲习取诸兑。

寄酬蔡州王陶正言

自顾愚无堪，老大何所用。

得郡江湖来，一意云泉纵。

惊此西南身，连夕东北梦。

乃知故人念，许与明月共。

荆书一纸贤，季诺千金重。

寄我琼瑶篇，使得长讽诵。

寒松有唳鹤，高梧有鸣凤。

何日谢知音，为鼓商弦弄。

次韵江钺都官凉轩

执已刚玉性，谁得同趣向。

涕唾无所藉，归居宅深旷。

左右山林间，嶻屼立屏障。

坐期清风来，未许酷日晃。

高棚立西轩，密叶覆其上。

益为晚宇荫，讵隔霞空望。

圣书乐名教，俗事绝尘鞅。

恬然宠辱惊，足矣庭闱养。

下榻迟佳朋，盈樽倒新酿。

药剂矜有灵，神明助无恙。

贤豪重出处，词句大奔放。

谓愚可与道，缄遗俾酬倡。

忽如穷窘人，获发金玉藏。

收储箧笥光，孰顾贪婪谤。

题三辅院

武阳夏侯氏，参立鼎峙足。

秉钧相三朝，仗越帅全蜀。

茅土当时荣，照焕人耳目。

事业申意气，遗像俨壁屋。

游南山宿盘龙寺

盘龙得山名，寺占山之下。

老师草庵居，后嗣广精舍。

禅流日益盛，寂照腾诗价。

我来诲其徒，竞以相夸诧。

少林的的意，一语独无暇。

默然坐明窗，孤蟾彻清夜。

迟晓登终南，行行与谁话。

留题剑门东园

剑州古要害，重门搕开阖。

堤防两川地，喉吭此呀呷。

在昔御狂寇，如朽施巨拉。

时平付良守，一与公论合。

政成治东圃，于焉解宾榻。

予方锦官去，邀我置壶榼。

纵步车马休，举目苍翠匝。

摅怀谈笑喧，倾车潺湲杂。

不春亦芳菲，匪风自萧飒。

主宾饮兴豪，量海川酒纳。

贰车台中旧，题诗谓予盍。

默默极佳处，兹俗何以答。

赠阳安徐迈表兄屯田

少时所学苦，食糵日自强。

壮岁从宦清，饮冰中刚肠。

阳安百里地，邈在天一方。

惠政不鞭朴，斯民乐耕桑。

念予昨守赣，与兄会家乡。

兄今岁已满，余遽提蜀疆。

一朝此邂逅，五载忘参商。

且勿语离索，易老惊鬓霜。

且勿较通塞，放怀把酒觞。

上方圣政新，求贤坐明堂。

兄道足施设，兄志弥颉颃。

喜予外祖门，从此生辉光。

双　竹

余家有故园，园中可图录。

天然一派根，一根生两竹。

一长复一短，比之如手足。

长者似乃兄，短者弟相逐。

我见人弟兄，少有相和睦。

竹分长幼情，人岂无尊宿。

将竹比人心，人殆类禽畜。

常记五六岁，不见还呼哭。

及至长大时，妻孥相亲族。

咫尺不相见，相疏何太速。

不顾父母生，同胞又同腹。

旦夕慕歌欢，几能思骨肉。

枉具人须眉，而食天五谷。

静思若斯人，争及园中竹。

七言古诗十五首

次韵孙直言九日登龙门山

皇祐二年秋九月，九日龙门遇佳节。

新都大夫孙隐之，报政优游共民悦。

升山高会宾主俱，满头黄菊泛茱萸。

遥开醉眼极千里，身高气爽胸怀舒。

逢时感物以次发，诗成落落倾玑珠。

初言府政好太守，化行岁稔民力苏。

喜声协气遨以狂，稚子负老老者扶。

又言登临风景异，澄川秀野如披图。

殊方真赏到奇处，未来空只夸江湖。

得之独善不在己，远遣遗我开烦纡。

嗟我江原亦民长，周遭百里平如掌。

簿书役役甚囚拘，闻有岷峨无计上。

及闻治邑兹山奇，脚力不到神魄驰①。

谁知我亦好山者，箧中时复观君诗②。

送周颖之京师

吾乡伯坚真丈夫，气刚色强言词疏。

胸中一物不使有，日储月敛唯诗书。

布裘落魄韦带缓，权门不肯低眉趋。

朋游累百谁尔汝，人皆不与争椰榆。

掩关啜菽苦意气，粪壤玉璧泥沙珠。

宣慈中山我孤处，昨日走介贻我书。

书云诏下吁俊乂，父兄命颖之京都。

古人求养志择禄，今而岂得逃驰驱。

肩书手剑出门去，哜咨肯复儿女如。

我闻此语涕交下，人皆欲养繄我无。

羡子之为与道合，劝子亟往无踟蹰。

明年得志拜堂上，岂非人子荣亲欤。

---

① "魄驰"，原本脱，据宋刻递修本、《文渊阁四库全书》本补。

② "复观君诗"，原本脱，据宋刻递修本、《文渊阁四库全书》本补。

赠冲妙李先生

老君作经五千言，勤行大笑亡与存。

先生有诗七百首，诏书三度来天门。

年登八十齿发壮，骨轻步武如云奔。

一琴一樽一炉药，人间日月从朝昏。

酬张唐英

方予谳狱唐安归，火云炽日交炎威。

炉烘炭赫几千里，百鸟不能凌空飞。

尘埃簿牒几前满，肤汗如雨淋漓挥。

俗官冗状纷未省，胸腹堙郁气力微。

蟾宫有客桂新折，忽遗诗筒慰慵拙。

词佳句好吟未穷，一坐凉飙夺炎热。

和范御史见赠

我趋仕途三十春，矻矻求友难其人。

相逢探取百一二，庶几不泯磨功名。

或言同途行异径，或始卓荦终因循。

或临利害失趋向，或走势利遗贱贫。

或面盱睢背忌刻，或口仁义心顽嚚。

或名公卿节屠隶，或实盗跖文孟荀。

澄川倏忽起波浪，平地咫尺生嶙峋。

薰莸兰芷逐萧艾，玷颣琼玖俄砆砥。

11

兹事自古慎所与，倾盖如旧白头新。

仲尼评友戒损益，故尝佩服书诸绅。

履中蹈道敢不勉，至愚所恃生逢辰。

朝廷基局要扶助，天子尧舜圣且仁。

焦劳汲汲纳谠议，风宪思得御史真。

翰林巨公不识面，误以愚者名上陈。

至和改元秋九月，诏书晓落长淮滨。

孤贫自省预台选，无意顾藉家与身。

直期贤用不肖斥，忠邪路判如越秦。

频章累疏辨得失，上前往往婴龙鳞。

时吾贯之日联句，玉树欲使兼葭亲。

为怜出处共本末，未始气味殊甘辛。

忠言鲠议不我闻，开诚待我逾天伦。

螭头连登拜白简，豸角对拱朝紫宸。

雕盘隼击雪霜凛，豺狼奔北穷狐猭。

九重上报不惜死，岂复谗口防猜猜。

避嫌岁满体当去，东南亟请辞天阍。

俞旨分得郡印绶，毗陵地与桐庐邻。

颍清淮渌傍舟过，橘黄酒白鲈鱼珍。

儿童共游竞嗟赏，闾里故老相欢欣。

皇恩过家许上冢，我辈荣华事欲均。

得公长篇三四读，正似观海无涯垠。

测量不可何以报，赠公岁久如松筠。

顺风呈前人

濠州抵泗里数百，长淮波平晓如席。

鸣鼙解缚杨柳堤，画船中有东吴客。

君恩得请许归去，聊治里闾去咫尺。

岁穷天远心欲飞，念之汲汲事行役。

豁如天意适我愿，号令西北起风伯。

初时渐渐以鼓动，布帆尚留十幅窄。

孤樯得势安以平，中流激箭巨浪擘。

棹横橹阁力不用，疾若挚隼增羽翮。

瞥然两岸瞬霎过，木叶驰黄山走碧。

拿舟月余今日快，一樽自歌两手拍。

樽中酒空不自歌，顺风好景如之何。

毗陵太守同此乐，为言无惜新诗多。

入赣闻晓角有作

江南历尽佳山水，独赣潺潺三百里。

移舟夜泊皇恐滩，画角乌乌晓风起。

栖鸥宿鹭四散飞，梦魂惊入渔樵耳。

三通迤逦东方明，又是篙工造行矣。

横波利石千万层，板绳缚类如山登。

夷途终致险且升，自顾忠信平生凭。

将至太和寄蔡仲偃太博

我忆去年仲冬月，夜醉离樽晓船发。

冬冬画鼓上穷江，章贡川源接南粤。

虔州之民十万家，下车公议乱如麻。

去除烦苛养疲瘵，未几讼简俗亦嘉。

农事屡登稻粱积，狱犴空虚寇衰息。

远陬安堵幸实天，阙然自愧予何力。

迩来被旨还神京，乘秋击棹烟波行。

夷犹入境奚所喜①，故人乐土弦歌声。

答阆州通判吴师孟职方

阆州之景天下奇，尝见老杜城南诗。

嘉陵江湍清且洁，锦屏山迭雄复巇。

醉翁生钟大峨秀，收拾气象为文词。

自从屏星副郡治，讼平事简奚设施。

幽潜穷大极所有，搜罗咏赋一不遗。

川僚俊集嘉酬和②，海涛汹涌洪波随。

顾余不鄙可语者，联编累轴缄以贻。

寸珠盈掬破冥晦，尺璧入手无瑕疵。

穷搜囊箧暴侈富，开窥秘啬心惊嬉。

竟微一毫报佳况，临纸复辍惭久之。

---

① "犹"字原本脱，据宋刻递修本、《文渊阁四库全书》本补。

② "川"宋刻本同，《四库全书》本作"州"。

访何若谷

君爱仙源压尘俗，高楼对起栏干曲。

朝霞灼灼浮晴晖，二十四峰照群玉。

楼下长江烟水绿，楼前有濑归艎促。

主人借问何时还，回首峥嵘看不足。

次韵僧重喜闻琴歌

我昔所宝真雷琴，弦丝轸玉徽黄金。

昼横膝上夕抱寝，平生与我为知音。

一朝如扇逢秋舍，而今只有无弦者。

无情曲调无情闻，浩浩之中都奏雅。

我默弹兮师寂听，清风之前明月下。

子期有耳何处听，自笑家风太潇洒。

游金华洞

子房身乞辞大用，赤松伴游世所重。

高远谁亲弋外鸿，尊荣肯羡池中凤。

至今仙迹存金华，我来一日登三洞①。

回顾却笑长安人②，辛苦登天凭鹤控。

---

① "三洞"，原本脱，据宋刻本、《四库全书》本补。

② "回顾却笑长安人"，原本脱，据宋刻本、《四库全书》本补。

题衢州唐台山 [1]

唐台压郡东北陲,势旋力转奔而驰。

伟哉造物谁其尸,一山中起高峨巍。

群峰环辅拱以立,背面肘腋相倚毗。

怪石差差少媚色,长松落落无邪姿。

岩隈有路数百仞,直登不悔形神疲。

中间轩豁浮图舍,栋宇彩错金璧辉。

寒泉一亩清可鉴,优游鳣鲔扬鳞髻。

猿闲鸟暇两呼笑,老僧矍铄趋且嬉。

天风烈烈骨毛竦,更云六月无炎曦。

攀缘绝顶下四顾,溪山百里如掌窥。

我思宜有隐君子,放心不与时安危。

巢由之行已高世,白云卧此逃尧妫。

寄酬梓路运使赵诚度支

喜君出使东川行,腊寒拥雪辞神京。

平生忠力晚愈固,万山叱驭险亦平。

青泥岭恶白昼上,更逢落雪百尺盈。

盘高折下寸寸进,马蹄硅矶人胆惊。

君怀初不阻倦险,却念疆土连锦城。

谓予尝有一日雅,豪吟纵笔高泉倾。

三章落落字字好,开缄与雪争瑶琼。

---

　　① "题衢",原本漫漶不清,据宋刻本、《四库全书》本补。

置邮亟来发以诵，齿牙冷切胸怀清。

岂徒感服为文字，所得风义推诚明。

今君东辕我西守，去此止有数日程。

两川春物正烂漫，何时文酒亲讲评。

谢曾鲁公惠维摩居士真

问答众口徒纷纷，争入菩萨不二门。

金毛狮子不敢吼，不嘿不见维摩尊。

维摩之尊无异相，潞州传出毗耶像。

相公付与知非子，挂向壁间看榜样。

赵清献公文集卷第二

五言律诗一百四首

暖　风

薄袂欹云散，轻盘舞袖低。

帘疏荡楼阁，尘暗逐轮蹄。

絮乱垂杨道，香流种药畦。

春窗恼春思，一枕杜鹃啼。

芳　草

翠密驯文雉，丛深隐画轮。

离披金谷晓，寂寞茂陵春。

古渡班荆客，长堤走马人。

芊芊似袍绿，一雨一番新。

寒食郊园即事

城郭青烟散，郊园彩日长。

斗鸡红锦翅，游骑紫丝缰。

有蝶俱含粉，无人不惜芳。

尽拼花下饮，归去醉成乡。

杜　鹃

响乱书窗外，人惊梦枕中。
江城啼晓月，泽国恕春风。
柳道盘飧绿，桃园蹾蹀红。
年年来此地，留恨任西东。

溪山晚目

幽花连径发，惊鸟避人啼。
雨过晴虹上，风清走马嘶。
滩平鱼艇稳，村小酒旗低。
谁及山翁乐，号呶醉似泥。

村　居

午寝忘讥刺，闲居杜送迎。
雨泥双燕下，烟垄一犁耕。
座入山光迥，门连野色平。
吟余仍兀坐，谁与战楸枰。

曲　馆

日华烘玉甃，烟缕亘雕甍。
枣熟房栊暝，花妍院落明。
醉轻春有味，梦短昼无情。
欲识愔愔意，回文织已成。

题九仙寺

坠果春三径，蒸云晚一轩。

廊腰回战蚁，山腹合啼猿。

泉淡禽窥影，苔深屐印痕。

自惭名利者，聊免世纷喧。

赠吉安院主

学佛之徒众，难能是向文。

唯师独奇尚，于我故殷勤。

诗遇知音诵，琴防俗子闻。

虚亭对明月，长许到宵分。

先与祠岳续以权市征弗克往呈通判沈侯

装怀成倥偬，从事愧风流。

且榷征门利，甘同倚市羞。

摇心随使旆，极目望仙舟。

青玉灵坛远，终朝接上游。

沈侯见和再次前韵

举目皆仙迹，斋心远俗流。

江山入诗助，蘋藻为神羞。

去矣登危峤，归仍泛稳舟。

何劳叹萧索，无惜话真游。

和沈侯叙别往祠岳

席上歌骊阕，风前嘶马骄。

匆匆倾桂醑，一一上兰桡。

破浪欣无恙，依莲愧不僚。

踟蹰重回首，云翼自扶摇。

言怀寄三兄

沿牒非吾土，逢春忆故园。

于今佐犀帐，经岁别鸰原。

讼简仍开卷，时平且属鞬。

江乡去千里，凝睇一销魂。

送石秘校

击汰泛轻艎，离怀莫共伤。

去投方朔牍，归曳老莱裳。

在昔名尤重，于今道已光。

此行有新集，一一锦裁囊。

和何节判观水

澄江抵练长，极目路沧茫。

烟芷差差绿，风荷柄柄香。

西流终古恨，南浦镇时忙。

拟待传辞意，离人在楚乡。

和蔡黄裳节推外邑见贻二首

只应登雪峤，疑是有丹梯。

雨后千山秀，风前一笛嘶。

平时空执弭，乐土不鸣鼙。

目断依莲客，君东我自西。

又

冉冉成轻别，迟迟想倦游。

去应宽蕙带，行亦佩吴钩。

访隐逢三径，寻真认十洲。

有人频倚望，何日大刀头。

和三兄见寄

棣萼遥南国，苏萱种北堂。

雪音何处断，风翼自回翔。

送目吴天阔，传辞楚水长。

通宵识归路，惟梦到吾乡。

江上白乐天祠

我爱白司马，有言来谒祠。

才名千古照，忠义一生奇。

谏切宁思禄，谗行却罪诗。

如何江上客，唯道琵琶词。

有　虎

有虎竞磨牙，逢人事攫拿。

夜声闻别坞，晓迹印平沙。

迫路奔惊犬，藏林噪乱鸦。

过舟无可奈，极目是蒹葭。

罾　鱼

生涯罾一架，深浦势并兼。

张目因知密，游鳞不漏纤。

急收防力跳，轻语怕惊潜。

持去全家乐，盈盘鲙缕甜[①]。

岁暮感怀

早是穷冬逼，那堪客思兼。

事嗟流水远，年愧入春添。

与雪幸同操，惊霜忽到髯。

晚舟前浦泊，何处有青帘。

寄任大中秀才

今我岁将暮，过桡鹦鹉洲。

忆君人少与，买舍灞江头。

---

① “鲙”，原本作“绘”，据宋刻本改。

客路书多绝，吾乡梦半游。

明年谁到蜀，能寄好书不。

向　晚

向晚立汀沙，人闲目更赊。

林疏僧屋露，风转客帆斜。

幽白孤飞鸟，横红数抹霞。

渔翁偶相问，怜我宦天涯。

又和三兄见寄

郑重流芳信，殷勤慰远官。

已欣怀袖满，仍觉齿牙寒。

置速传辞易，人遐结会难。

侧身东望久，离绪转盘桓。

送邹舜咨回乡

经岁别亲闱，于今咏式微。

捐繻成后约，拭袂重言归。

脱叶迷官道，酸风中客衣。

新文满珍笥，去去有余辉。

送余林二生赴举

并游攀逸轨，两喜擅佳声。

鹄志一千里，鹏图九万程。
青云今共上，白水旧齐盟。
圣主君堪羡，连镳去策名。

送李运使学士赴阙十咏

懿识本天资，长才继者谁。
漕舟逾万计，实廪近千斯。
入境喧舆颂，还乡结主知。
上方思柄用，何惜告谋惟。

又

下士无虚坐，摛文有话言。
镇浮贤者业，袭庆相君门。
按部行车乐，瞻天被诏温。
只应朝请日，三接涣宸恩。

又

睿柬从朝议，佥俞协帝畴。
受釐延贾傅，给馈美酂侯。
会府居功最，朝廷锡命优。
思皇今在旦，归去赞宸猷。

又

压境号民苏，连甍竞乐输。
万箱丰岁计，一节赴朝趋。
安稳舟无恙，雍容骑甚都。
赠言聊纪盛，为颂愧非夫。

又

传绲联世美，振玉擅家声。

南楚聊均逸，东皋亦劝耕。

察廉无遁物，刺举有能名。

宣室今前席，宁庸羡贾生。

又

早擅云间誉，尝登月里名。

十轮门袭庆，万石世传荣。

待继开宾合，聊为拥使旌。

绩成今第一，归作汉公卿。

又

荆衡此驾轺，封郡去相辽。

国廪矜流衍，农畴喜富饶。

几时无协气，何处不欢谣。

汉室通粮道，论功最后萧。

又

南荣来汉诏，北阙近尧天。

懿绩隆三岁，丰储备九年。

威严多摘伏，荐籍几登贤。

去去民思甚，销魂尽黯然。

又

歌阒散雕筵，膺舟是的仙。

秦亭临断岸，楚水浸遥天。

魏阙瞻湖上，长安指日边。

彩旆随目远，一向立风前。

又

供帐楚江滨，瞻言泪满巾。

如何从事客，曾作受恩人。

再顾沟中物，尤惭席上珍。

异时调鼎鼐，应许与陶钧。

和戴天使重阳前一夕宿长沙驿二首

诘旦逢佳节，今宵寓远乡。

且欣宾榻解，休叹客亭长。

黄叶临风乱，红蕈浥露香。

酒徒何处所，空自忆高阳。

又

楚馆夜衾凉，离人念故乡。

远吟只觉苦，归梦不成长。

壁有寒蛩怨，邻闻绿蚁香。

登高在何处，明日宴山阳。

闻杨畋病愈

湖南杨叔武，消息有人传。

连岁征蛮徭，经秋卧瘴烟。

为时天未丧，勿药病还痊。

云水溶溶去，凭谁寄此篇。

入蜀舟中逢春

春到依羁旅，怀开似发缄。

野禽鸣胜管，春草绿于衫。

水暖风微碎，山明日半衔。

巴西寒极地，冰雪尚千岩。

入蜀江上对月

照不私毫发，波光上下浮。

明余到琴淡，清极入诗幽。

忽认江湖昼，浑疑天地秋。

闲云勿轻蔽，有客坐孤舟。

春日陪宴会春园亭

为怕三春过，因谋数刻狂。

醉轻欣射中，欢甚惜歌长。

跷马花间系，啼莺柳下藏。

前旌归去晚，十里淡风光。

月夜听僧化宜弹琴

蜀国有良工，孙枝斫古桐。

逢师写流水，为我益清风。

淡恐时心厌，幽祈世耳聪。

坐来明月满，无语讼庭空。

送蜀守贾昌朝水部赴阙

召节下英藩，归辕望帝阍。

中和刺史政，孝友相君门。

去听涂歌美，留瞻壁像尊。

欲知春色好，元是百城恩。

送曾交屯田赴阙

治多祥气感，<small>公为三江邑，有甘露、灵芝、瑞草之异。</small>名可信书褒。

诗有千篇富，才为两蜀豪。

任诚时少与，敦义世推高。

剑栈芳菲地，公行我亦劳。

和范御史初出都门

牍奏辞三院，乡荣领百城。

帝恩山岳重，臣命羽毛轻。

风月随人好，江湖照胆清。

须公赠金玉，光照重行行。

和韵前人初出锁头

奏恳初无饰，天恩亦重违。

一麾新命下，两桨故关归。

淮木林林脱，霜鸿阵阵飞。

贤朋诗酒乐，行矣自相依。

和石涧寺龙潭

一遇汤王旱，须为傅说霖。

只应蟠涧底，济物是初心。

昔岁苗将槁，阳骄不和阴。

农夫望膏泽，徒蛰尔何心。

和通判范都官不赴赏春

幽郡少丛事，名园邀上宾。

逢花有深意，拚醉欲酬春。

僚友同年旧，郎官拜命新。

不来无此乐，还似姓车人。

续梦中作

边寄今儒弁，帷筹得将才。

甘辛均士卒，号令走风雷。

惊晓城鼙急，吹秋陇笛哀。

先声羌胆碎，闻道汉兵来。

次韵吴充学士斋居冬夜书事

轮奂相辉映，严扉耸奠楹。

霜空夜月午，斋冷湛冰清。

缛礼行神庙，星华下禁城。
瀛洲有才士，佳句见交情。

和六弟抗江上书怀

一失已戚戚，诚哉勿尔为。
因知贤者事，不与众人期。
别浦客帆卸，隔江渔笛吹。
同行兄弟乐，还免动乡思。

惊　涛

路半狂飙起，江心巨浪横。
苍茫舟子叫，匍匐稚儿惊。
古岸移时入，新醪薄暮倾。
此宜无足道，大抵似人生。

别后寄表弟李定

之官虽异数，行棹欲同仙。
忽觉清风远，因惊俗累牵。
子留书得后，我愧约乖前。
境上依依过，江南水拍天。

彭泽狄梁公祠

贤正屯蒙日，阴邪会用时。

人从万死过，谁肯一言危。

毒意回天后，忠诚荐柬之。

复唐三百载，留得枕江祠。

经鄱阳湖

舍陆事川程，霜天晓色明。

长波万顷阔，大舸一帆轻。

静唱村渔乐，斜飞渚雁惊。

云披见楼阁，隐隐豫章城。

次韵何若谷赏花即席

朋心照旧明，宁比盖初倾。

共惜花兼酒，谁论利复名。

与君如有约，不醉似无情。

更遇诗勍敌，周旋未易轻。

纪　雨

岁始三日雨，恩随万井春。

如何至和气，先被远方人。

洗濯山川秀，沾濡草木新。

尧仁际天地，调燮有臣邻。

次韵提刑蔡挺度支见赠

历章初请外，亡状愧瘝官。

为郡恩尤重，斯民治素难。

讼稀逢薄稔，诗倡得清欢。

况复仁封接，焉依簟与菅。

次韵何若谷中隐堂观棋

春昼僧房静，楸枰战气豪。

斜飞沙塞雁，奔怒海门涛。

决胜周旋久，阴谋计较劳。

岂知中隐士，心不挂纤毫。

送兴国令徐师回殿丞

报政方山下，分携赣水滨。

人蒙百里惠，花见四年春。

亲志乐戏彩，家声高缙绅。

还期逢庆节，慈宴拱严宸。

登章贡台

章贡东西派，并流作赣川。

奔湍出城曲，离合向台前。

把酒来凭槛，鸣鼙见放船。

滔滔归底处，沧海路三千。

次韵周敦颐国博重阳节近见菊

为僚初自喜，邀客亦逢嘉。

把酒须同乐，分襟莫预嗟。

未成登画舸，好共再黄花。

试向东篱看，秋丛映晚霞。

题张果老洞

洞老寿松椿，高名古绝群。

乱山泉瀮瀮，举世事纷纷。

使者持丹诏，先生卧白云。

方今莫招隐，君德正华勋。

赠琴台僧正

寺古若郊坰，门无车马声。

我来闻众妙，人少到师清。

锦水金波静，银蟾一指明。

幽琴徐抑此，真不负台名。

留题修觉山

按行车暂尼，身得止峥嵘。

江喜淙淙听，云疑步步生。

春邻花县好，晴远剑关明。

买石镌豪句，高哉老杜名。 老杜有数章，因令刻其上。

次韵孔宪山斋

讼简岁丰盈，铃斋竟日清。

窗排群石怪，檐拥远山明。

古木风千叶，新髭雪数茎。

开樽向幽处，余论见交情。

送前人赴阙

正性归忠谊，名谈见本原。

中丞有贤子，宣圣得真孙。

解职留民惠，还朝拜主恩。

东方要安堵，一为上前论。

次韵吴中复龙图题长桥铺

山东去蜀右，不惮客程遥。

酒酌杯中桂，琴携爨下焦。

故人题大笔，佳句刻长桥。

一读离怀解，如冰暖日消。

寄衢僧惟简

南禅众所称，简老是真僧。

法器闻虽古，清风见未曾。

洪炉中点雪，大海里孤灯。

七十休官近，归欤我得朋。

寄谢毛宪

去赣八千里，于今十二年。予嘉祐末被诏还台。

无缘久东浙，自政府得请钱塘，半稔徙蜀。有命再西川。今
再任成都府。

吏散庭空讼，谓守虔日。僧高寺欲禅。虔之东禅长老深悟理性。

老来思旧治，尤喜获佳篇。

送范宪百禄赴关

泥书下紫宸，公议协朝绅。

真主正图治，谏官今得人。

从容陪国论，憔悴恤天民。

大对如晁董，公尝素所陈。

和荣谞学士按部过长渍关所寄诗

叱驭穷边垒，还辕赏驿梅。

微香心旋吐，清咏意尤瑰。

诲墨蒙兼贶，邮筒喜屡开。

锦官花更好，翘望腊前回。

闵 雨

闵雨诏复下，伤农今四春。

潭龙从号懒，庙鬼讵能神。

苗槁尘生久，云空电转频。

天公诚可问，谁与主陶钧。

次韵李元方秀才秋日旅怀

节物奚为感，秋怀不自任。

晓寒侵远梦，秋力助高吟。

薄脱惊风叶，疏春隔水砧。

商弦调一曲，惟子定知音。

题灵山寺

我为灵山好，登留到日曛。

岩幽余暑雪，钟冷入秋云。

篇咏唯僧助，尘烦与俗分。

明朝入东棹，因得识吾文。

寄题致政周洙屯田如诏亭

诰出义方语，亭更如诏名。

为郎拜天宠，有子擅家声。

健羡乡评美，光辉野史荣。

彩衣官亦重，门外拥双旌。

致政都官宋兄言归旧隐赠行

休官镇浮俗，眉寿冠同年。

恬养八十岁，苦吟三百篇。

乘秋迓杖屦，终日隐林泉。

我羡归欤乐，高踪不可肩。

游海云山

缥缈齐云阁，遥闻摸石池。

物华春已盛，人意乐无涯。

罗绮一山遍，旌旗十里随。

花棚夹归道，骁骑看星驰。

次韵程给事赴越任过杭相会

已久论交契，何妨醉别筵。

君宜归大用，我独倦高年。

郡印今分治，科名昔共镌。

离怀虽一水，言远似三川。

题杭州双竹寺

粉箨双双脱，修篁两两高。

同心齐管鲍，并节汉萧曹。

寒岁霜威御，炎天暑气逃。

此君真可异，吟绕不知劳。

送章岵少卿提举洞霄宫二首

秘馆红尘外，瑶京白日边。

樽中不空酒，琴面已无弦。

晓上朝真阁，春耕负郭田。

优游大自在，何处更神仙。

又

使节馨忠勤，东南两见春。

清宵多假寐，白发半忧民。

金阙遥辞宠，琳宫去谒真。

羡公谁最甚，我是欲归人。

次韵赵少师寄别程给事

人生难会合，天与此阶缘。

逸驾来艰远，孤风映后前。

吴江阻潮汐，越峤望云烟。

叙别情何厚，新诗两灿然。

送六弟随子之官毗陵

雁序暂分飞，毗陵动所思。

廉能真有子，清白素闻诗。

船泛西州远，皆谓弟。山寻北荡奇。自云。

明春复归会，还是隔年期。

览先祖太傅留题国清寺继和

得谢殊狂客，无言愧净名。

心观潭月白，梵听海潮声。

晓色开华顶，秋晖照赤城。

公诗播人口，冰玉未为清。

抵永嘉题谢公岩

岭路与岩垌，池楼古郡城。

千年温俗意，四榜谢公名。_{岭岩池阁皆榜谢公。}

寄傲留佳句，遗思出至诚。

滔滔慎江水，东注等休声。

赠郑赓高士

易有幽人象，天垂处士星。

知音辞相府，_{杜祈公、范文正公昔留门下，予以思亲，因辞而归。}

归养为亲庭。

闲和碧云句，深穷白首经。

惟贤二千石，优顾眼尤青。

早离温江夜泊白沙步

晓与诸孙别，依然颇动怀。

去乘兰棹稳，行得彩衣偕。

渔父遥连市，村扉半掩柴。

夜来溪上宿，梦已在高斋。

次韵寄致政石牧之大夫

予退喜同休，翻思慎水游。

闲云披远岫，明月在高楼。

送目千余里，离怀三度秋。

争如禅客子，截断众江流。

寄酬吴天常中散

仕契最敦厚，夤缘绝拟伦。

同登甲戌第，俱是戊申人。

把酒曾四老，分携又五春。

新诗光箧笥，珠宝未为珍。

送毛宽任清流主簿

轻舟离晓岸，凉气满秋空。

鸾枳从官况，蟾宫继父风。

荣涂终颉颃，清节愈磨砻。

今我所期子，名当彻舜聪。

西湖吴中允坟生芝草

中允寿龄尊，人亡德尚存。

无根彼芝草，为瑞此松坟^①。

---

① "此"，原文及宋本皆作"为"，据《文渊阁四库全书》本改。

往行称乡井，遗荣付子孙。

灵苗岂虚设，所应在高门。

送吴柏节推赴阙

简刑忧俗困，一境被恩私。

清极人知劝，诚先吏不欺。

席觞徒眷恋，岸菊渐离披。

荐鹗有余表，横飞去指期。

宿故梁子正得意堂有感示诸梁英少

遗训素谆谆，先生冢尚新。

门风竞兰玉，乡誉动簪绅。

户牗宵排烛，琴书昼拂尘。

子孙为学盛，宜有起家人。

外弟李定少卿挽诗三首

子舍竞诜诜，号天日月昏。

有绡传秀像，无药反英魂。

右棘官虚位，西山墓闭门。

遣余衣止泪，时复有啼痕。

又

少列吾姑子，怀能负俊良。

歌诗追李杜，笔札出钟王。

道指三千远，予时还朝，道至南康军奄忽。年逾六十亡。

嗟哉长已矣，冠剑失威光。

又

福地生奚似，丧人送几何。

环环山水秀，蛰蛰子孙多。

情悼魂分些，辞凭挽者歌。

嗟余身在越，西首泪滂沱。

故吴丞相充挽诗三首

富贵三朝老，公忠百辟师。

跻民复仁寿，与国系安危。

圣意虽优注，荣途亦屡辞。

人嗟五福内，独不享期颐。

又

论道尊三事，登庸历十年。

舜尝咨尔岳，说已济斯川。

太史书清德，高门继象贤。

都人瞻绘像，衮服冠貂蝉。

又

纯诚先德行，余事著文章。

所予维中寿，难谌彼上苍。

旌铭笼晓月，挽铎诉秋霜。

自愧居田里，无缘奠枢輴。

寄开化余遵道

野老余遵道，人微德义尊。

家居青嶂底，身在白云根。

盛事传闾里，昌期付子孙。

不烦迂步远，此去自高闻。

赵清献公文集卷第三

五言排律十九首

谢赐飞白御书宴群玉殿

朝野欢和际，君臣恺乐时。

圣谟天地久，睿藻日星垂。

内合群编启，灵函众宝披。

光华颁帝翰，密勿宠官师。

雨露神毫洒，风云上意绥。

翔翔转鸾凤，夭矫奋龙螭。

侍宴聆清问，衔杯拱晬仪。

御香蒙领袖，和气入肝脾。

言念宸恩重，曾非贱士遗。

天颜瞻咫尺，臣职愧箴规。

补阙难忘衮，倾心窃比葵。

养贤兼养正，所愿易求颐。

同天节

土宇欢呼日，天家庆诞辰。

虹光流渚异，电彩绕枢频。

物与熏风浃，祥并协气臻。

庭除交玉帛，宴衍列簪绅。

丹穴来仪凤，华封祝圣人。

小臣叨下列，鼓舞颂尧仁。

送韩丞相琦出镇陕右

羌狄方怀德，朝家正右文。

边城轻举动，天子为忧勤。

公位三朝重，威名万里闻。

聊烦镇西夏，尽得护诸军。

赐第仍开燕，传觞命极醺。

陕民如望旱，一雨压尘氛。

急　帆

江阔北风长，高帆尽幅扬。

势能分巨浪，力恐拔危樯。

鸥鹭频惊迫，鱼龙相助忙。

峰峦旋岸碧，木叶走汀黄。

快似登仙去，轻于傅羽翔。

一程三百里，晚泊未斜阳。

初入荆江

迢递辞宸阙，迁延换岁华。

舟才入荆渚，人觉在天涯。

浪激多推岸，流濡足沸沙。

势盘帆小便，涨浅路频差。

横艇叉鱼浦，摇旗卖酒家。

山微思念越，江窄止通巴。

烟色汀芜淡，风光野烧斜。

蛮歌朝竞唱，祠鼓暮连挝。

渡口初逢柳，林边未见花。

前程春始盛，一一待诗夸。

送昭文刘少卿移知南海

世绪传英德，时才播令名。

锦袆终袭庆，桂籍旧升荣。

仕路登优绩，朝闱服俊声。

风猷著台阁，操尚冠簪缨。

坟衍方谋学，冰霜未底清。

分忧膺阃寄，颁教洽舆情。

会府资谋计，中闱念笃诚。

汉庭当继好，戎障去修盟。

通币旋君节，飞刍拥使旌。

舟车勤转漕，仓廪庆丰盈。

廉士祈甄用，贪官愧窜惊。

凤书来辇毂，熊轼镇荆衡。

压境无喧讼，连畴近力耕。

腾谣闻五绔，行乐护千兵。

道路纤尘绝，人家协气生。

涣恩飞睿诏，华序拜名卿。
更直群书府，于宣百粤城。
祖筵徒恋恋，仙舸重行行。
预想歌来暮，前期报政成。
上心方简注，元鼎仁和羹。

送同年何推官

浃恩颁汉检，沿牒别熊川。
免作徒劳叹，聊为从事贤。
贮文囊制锦，赞画幕依莲。
志尚心非石，标仪骨是仙。
赠言惊去矣，携手觉凄然。
远目浑疑断，离肠已似煎。
马嘶枫叶道，人醉菊花天。
到日成优绩，宸纶仁九迁。

庭　楠

彼美庭楠植，基培几十年。
夜来全庇月，晓去薄生烟。
万叶光齐动，双株影共圆。
幽栖疑有鹤，清响为留蝉。
饮对传三雅，琴依按七弦。
河阳花自媚，彭泽柳空眠。
势翳门阑静，阴侵几案鲜。

不才逢讼简，吟绕强成篇。

蜀倅杨瑜邀游罳画池

占胜芳菲地，标名罳画池。
水光菱在鉴，岸色锦舒帷。
风碎花千动，烟团柳四垂。
巧才吟不尽，精笔写徒为。
照影摇歌榭，分香上酒卮。
主人邀客赏，和气与春期。

寄谢云安知军王端屯田

旧邦逢朐朏，灵地接岷峨。
住岭排烟火，悬岩引薜萝。
雨花疑锦濯，晴水甚蓝拸。
远地之官去，孤舟走嶮拖。
出麾无一事，倾盖首相过。
幸不愚烦外，欣承议论多。
春光千骑骏，天色百城和。
赏物楼新构，镌文石旋磨。
为时即慷慨，得友盛吟哦。
世重黄金诺，人传白雪歌。
投壶倾立马，飞镝屡鸣鼍。
局战迟敲玉，杯欢乱酌螺。
坐来风入袂，归去月流波。

我愧才疏拙，生微术揣摩。

主容勤劳来，行色觉蹉跎。

匪用诗为好，离怀可奈何。

江上遇雪

冻云交四隅，飞雪满江湖。

急势团风转，闲容到水无。

并游鱼喜唱，失侣雁惊呼。

客棹沿湾泊，村醪觅径酤。

去程方数蜀，归思正遥吴。

得句同诸弟，余怀幸不孤。

登望阙台

江外三千里，城头百尺台。

神都瞻宝阙，星斗切瑶魁。

风阔春襟快，云披晓月开。

山川增气象，栏槛出尘埃。

天际横归雁，林梢露出槐。

喜逢冠盖客，半是日边来。

次韵何若谷别后见寄

言念分符日，来逢别乘贤。

疮痍求俗去，风教为民宣。

吏狱都无扰，农畴属有年。

欢尝陪射的，清不废鸣弦。

避暑寻萧寺，游春醉画船。

文楸坐帷幄，诗敌肆戈铤。

邂逅穷江地，凄凉落叶天。

代还公去矣，伫立我依然。

久契诚弥固，虽忧不暂蠲。

高台倚章贡，时一诵佳篇。

成太卿宅矮槐

手植逾三纪，年随矮势增。

枝盘多蟉屈，根转欲虬腾。

密覆周遭地，孤撑最上层。

风条低偃蹇，烟叶碎鬅鬙。

顾我来虽羡，如公退未能。

溪园饶乐事，时此会佳朋。

游青城山

三十六峰峻，维岷在蜀奇。

方行刺史部，重款丈人祠。

冻雪诸蕃隔，晴云六面披。

访山穷宝洞，山有宝仙第五洞，昔投龙之所。敕鬼觇丰碑。

泉落寒崖响，萝依古木垂。

良工存旧笔，青城观壁悉孙知微名画。老叟琢新诗。句符台

示《岷山集》。

陟险齐双屐，逢幽鼓七丝。

盘桓不忍去，还作更来期。

喜 雨

火官施酷令，曦驭肆炎威。

魃虐诗尝刺，巫焚礼旧讥。

神将明德应，人用至诚祈。

厚幸真天与，先期不汝违。

四郊云瑷瑷，三日雨霏霏。

色动田园喜，声无里巷欷。

终图实仓廪，已足贱珠玑。

报彼民咨者，恩斯帝力归。

引年自喜

乾坤报不得，犬马恋无缘。

请有再四渎，生逾七十年。

云山充素志，霜雪满华巅。

远矣日边地，归欤春暮天。

滩长钓台客，棋久烂柯仙。

去乐林泉下，何劳一指禅。

次韵程给事会稽怀古即事

东南杭与越，形势夹长川。

地占一方秀，天生万象全。

两城俱卓尔，列郡岂加焉。

异世称无间，同时较有偏。

厥民如贵简，彼国实居先。

大海收淮渎，群山冠幅员。

古人踪欲见，游客目先穿。

况自醇风俗，从来省朴鞭。

有年人既庶，乐教志弥坚。

每得前朝事，尝由众口传。

土疆归阙下，州宇辟湖边。

未苦秦来幸，先经霸擅权。

有贤思避世，择地效高眠。

盘屈稽山势，嵯峨玉笋巅。

茂林侵碧汉，修竹挂青烟。

东浙潮声近，西陵草色鲜。

四明登陆显，五泄夹溪沿。

渔浦丛舟楫，仙居远市廛。

山青难入画，花灼正如燃。

石伞阴遮径，松潭韵写弦。

千峰云暧靆，双涧水潺湲。

灵迹曾游处，清风可坐延。

龟浮山出浪，龙去井迷年。

泉涌寻源出，萝繁附木缠。

屏危开石上，星摘射岩前。

仙髻传今古，峰形露丑妍。

法华初赐号，释子已超禅。

一感因人异，群言可理诠。

遍随高下赏，潜解利名牵。

民室常盈目，城阛异及肩。

通幽云底路，朝接洞中天。

必有千年隐，都忘万事煎。

严园烟水乱，樊榭柳花颠。

圣阁迎仙母，湖楼望彩船。

越台凌缥缈，溪女斗婵娟。

野景诚无限，游人岂独专。

清虚宫刹古，恍惚岁时迁。

宝相灵犹验，云门瑞复还。

尘埃笼古壁，章句列前贤。

醮礼因勤甚，龙宫尚俨然。

鱼池乖本意，僧罟触轻涟。

凿石成金像，营庵对玉莲。

瑰奇天桂室，潇洒宝林篇。

历历森豪俊，昭昭著简编。

兰亭真翰笔，桃谷旧神仙。

想像人堪慕，凄凉物足怜。

公卿夸道路，父子遁林泉。

废宅仙宫立，还乡世事捐。

嗟时徒役役，味道益乾乾。

种墓藏山穴，丛祠阚水墦。

方干栖逸地，祖贯起英躔。

相隐今遗迹，侯封昔见膻。
锦衣惭我得，车帐为民赛。
臣力难堪矣，君仁未舍旃。
挺身徒尽瘁，报德乏微涓。
所向知师古，干时愧学圆。
玑衡中切冒，条教外颁宣。
每慕黄居颍，曾卑隗相燕。
有为怀黾勉，无术可收甄。
得请乡邦便，躬祠祖垄虔。
耕桑初劝谕，饥疫偶成连。
赈发无深惠，疲劳获少痊。
阖封方富稔，载路息迍邅。
近幸同年代，前符昔日缘。
一麾来镇抚，千骑为盘旋。
弊政因民革，烦文到日蠲。
恩随和气浃，令比置邮遄。
美誉皆腾实，清香已胜膻。
善良陶静化，奸猾洗前愆。
吏畏输心鉴，民深入善渊。
课书人第一，辟召里逾千。
身起侯藩政，班趋秘殿联。
谋猷光帝座，议论溢经筵。
道合风云会，功高玉石镌。
正宜裨日月，未可问园田。
士论逾时望，人心曷月湔。

声名加显显，歌颂转翩翩。

预喜明贤遇，须知直道便。

中宸深有眷，外补实难铨。

行为山阴老，聊收一大钱。

次韵程给事同孙觉学士杨宪景略天衣谒禹庙夜归

梵宇近灵祠，偕游薄晚归。

云疏通日影，风劲作霜威。

博约诗情健，盘桓酒力微。

旌麾分颉颃，戈戟耸光辉。

左右车帷彻，周连烛炬围。

湖流平杳杳，泉派溅霏霏。

却念观珪剑，禹庙。仍欣赏钵衣。天香。

庙楼临浩渺，寺阁倚峨巍。

灯火还城市，烟波远石矶。

鼓钟初警动，驺驭始分飞。

胜概同时遇，贤朋共乐稀。

佳章蒙寄贶，邻愧得仁依。

次韵林希喜赵少师概游杭

维岳生台辅，于时正典刑。

我尝同政府，公早谢明廷。

官贵跻三少，身闲越八龄。

所难唯寿算，岂易是康宁。

求旧心犹壮，寻幽足未停。

宋都俄暂别，吴语喜重听。

宗契今逾厚，交情久可铭。

摛辞工咏物，吐屑妙谈经。

岚色迎红斾，湖光动彩舲。

游名多写壁，燕席旋张屏。

忽遇瀛洲客，新辞使者星。

承恩来玉陛，莅事傍沙汀。

压赏尘中景，思登野外亭。

爱忘嘉意重，溢美雅章形。

叙远才超绝，搜奇思杳冥。

道山宁久去，归路入云青。

五言绝句十首

麓山十咏

真身湖湖上有真身寺因以名。

晓光澄水月，秋影颤风幡。

宛是真如地，荷花护翠轩。

升中古柏

雪挫更霜摧，寒心未易回。

庭前皆古意，何必问西来。

书　院

雨久藏书蠹，风高老屋斜。

邻居尽金碧，一一梵王家。

四绝堂

千灯传静刹，四绝号虚堂。

已是金银界，仍为翰墨场。

洞真观

木老岩垌冷，泉飞月殿寒。

栖真无一事，清啸倚栏干。

抱黄洞

灵洞古坛基，烟萝接翠微。

日西春又晚，不见羽人归。

岳麓寺

古木与云齐，门前百丈梯。

我来烦想涤，疑是过灵溪。

白鹤泉

灵派本无源，因禽漱玉泉。

自非流异禀，谁识洞中仙。

法华堂

峰顶已崔嵬，因高更筑台。

夜分僧定起，咫尺见云雷。

拜岳石

片石倚中天，云深鸟道间。

人多祝尧寿，登此拜南山。

过云安军下岩僧舍

幽寺倚岩阿，云扉掩薜萝。
老僧中燕息，谁问世风波。

横溪洞飞泉

寒瀑落春岩，天垂百丈缣。
更疑仙客宴，不卷水晶帘。

和范御史过陈州

湾尽疑无路，堤回忽见桥。
冬空仍水后，物物称萧条。

题鱼关

奔流出万山，乱石锁屠颜。
彼跃龙门者，何尝惧此关。

男矶生日

重九登高节，阳秋禀气和。
家家欢会日，椿寿所宜多。

次韵吴天常

尘事不留毫，谁云梦寐劳。

因思四老会，今复数年高。戊午岁,余邀叔平少卿同行湖上,
时君与吴著作,皆和诗,号四老云。

书琴坛

制动必原静，治人先正心。

风乎昼坛上，退食鸣瑶琴。

和范御史石仓晚泊

天迥旅怀阔，风长野叫来。日暮江上,有数十人连续长歌,
人谓之野叫。

沧波清可爱，先为濯京埃。

觉林寺

古寺无碑刻，僧云不记年。

自余安所问，惟是爱林泉。

七言律诗一百首

禁篆见牡丹仍蒙恩赐

校文春殿篇天关，内篆千葩放牡丹。

风卷异香来幕帘，日披浓艳出阑干。

芳菲喜向禁中见，憔悴忆曾江外看。

剪赐从臣君意重，数枝和露入金盘。

次韵三司蔡襄芦雁獐猿二首

省宇屏图哲匠成，写传芦雁笔尤精。

斜依风苇丛丛袅，远扬烟波渺渺平。

弋者定嗟何所慕，鹏抟莫怪不能鸣。

公看羽翼飞腾处，有意青云万里程。

又①

獐狎猿驯遂性情，恍然疑不是丹青。

岂忧夜猎林中去，只欠秋吟月下听。

举目便同临涧谷，此身全恐寄郊垧。

山容野态穷微妙，造化争功六幅屏。

---

① 原本无"又"，与全书多篇分析同格式补。

忆信安五弟拊

腊残鹦鹉洲边过，忆汝东吴住旧庐。

诵圣穷愁千卷外，觅官留滞十年余。

也知失意能平气，底事多时不寄书。

兄在松溪我荆楚，别怀三处一欷歔。

饮　酒

江头落寞穷冬日，天末崎岖薄宦身。

休问世途千态巧，且贪杯酒十分醇。

颜间戚戚成何事，醉里熙熙即是真。

梅雪半残烟柳吐，一番消息又青春。

和十二弟扬腊月立春

二十四日立春节，六七千里孤舟行。

呼儿倒酒迎春醉，忽尔持诗祝我赓。

海上去年宾燕乐，江头今岁客心情。

此时极目寻春色，岸柳汀芜绿未成。

除夜泊临江县言怀

县封萧索楚江澄，旅况吟怀冷似冰。

漏促已交新岁鼓，酒阑犹剪隔宵灯。

立身从道思无愧，得路由机患不能。

未报君恩逾四十，青春还是一番增。

泊巴陵闻晓角

五更钟后斗沉杓，画角三番塞角调。

青草湖平无俗籁，岳阳楼迥有寒飙。

酒肠唤醒维舟静，梦眼惊回去国遥。

我爱清余起倾耳，欲吟情思已飘飘。

忆辇下寄同年杨子卿

一思平日禁城春，直上青霄步步云。

在月香名欣共得，揿天絓藻愧相闻。

满头竞插花千柄，没按谁辞酒十分。

莲水今为从事乐，伊予无复叹离群。

送交代杨推官

三载从军绩用成，代还京阙黯离情。

亭长且作班荆饮，江迥愁闻唱棹声。

前席去当回帝问，初筵今已号宾荣。

交承参袂宜敦好，莫惜殷勤重报琼。

早　雾

山光全暝水光浮，数里霏霏晓未收。

露彩乍凝迷汉殿，日华不透掩秦楼。

岂饶文豹迟留隐，应有灵蛇取次游。

圣旦妖氛已销尽，结成佳气满南州。

寄里中亲友

记得城南数刻欢，破欢为别泪阑干。
间关远道初沿牒，寂寞长亭一据鞍。
郊外此时凉叶乱，岭头平日腊梅残。
不辞频寄南州信，草檄无功楛叶干。

席上感别送桂倅

照人冰骨是真仙，失臂江西仅十年。
子拥倅车袍着茜，我趋宾席幕依莲。
今宵把酒方欢甚，明日班荆又黯然。
八桂到须多暇日，府中佳靖主公贤。

和人清明有感

湖外清明物态繁，晓林莺舌斗关关。
枉缘春意无时尽，自是人心不暂闲。
旧隐东君曾藉草，新官南郡亦登山。
满头花卉盈樽酒，且向东风一破颜。

和三兄得书喜授掌庾

区区宦况远南州，长得归鸿与寄愁。
已胜折腰嗟五斗，岂辞衔尾运千舟。
冰含白玉期无累，路迫青云愧可求。
家有伯埙流韵远，勉将文藻赞宸猷。

赠狄节推

唐嗣几危国步艰，梁公忠力世难攀。

不辞鼎镬君臣际，为正朝廷子母间。

今见裔孙仍白首，去从幕府衣青衫。

旌贤有后十二代，转觉勋名重泰山。

劝学示江原诸生

古人名教自诗书，浅俗颓风好力扶。

口诵圣贤皆进士，身为仁义始真儒。

任从客笑原思病，莫管时讥孟子迂。

通要设施穷要乐，不须随世问荣枯。

送何孟侯先生之平原

束书携剑出西州，恩旧相欢事远游。

架上昔曾穷圣卷，幄中今好赞宾筹。

也知贤帅须青眼，应念慈闱已白头。

到日欲凭归信杳，塞鸿成阵叫清秋。

题杜子美书室

直将骚雅镇浇淫，琼贝千章照古今。

天地不能笼大句，鬼神无处避幽吟。

几逃兵火羁危极，欲厚民生意思深。

茅屋一间遗像在，有谁于世是知音。

春日雪雷并作

东君新用少阳时，正月群阴老未归。
千里雪花铺夜景，数声雷鼓作春威。
欲开桃李嗟寒勒，尚蛰龙蛇恨力微。
一挫芳菲一惊物，惘然无处问天机。

初入峡

峡江初过三游洞，天气新调二月风。
樵户人家随处见，仙源云路有时通。
峰峦压岸东西碧，桃李临波上下红。
险碛恶滩名几许，晚停征棹问渔翁。

过岭回寄张景通先生示邑下同人

二年官役愧能名，贤得斯人幸合并。
几度孝廉交郡辟，一生文行出乡评。
君庐皂水江头远，我马青泥岭顶行。
西首胡为书以赠，欲持同邑寄诸生。

下牢津

拖舟百丈苦攀跻，一过牢津恍似迷。
花放乱红迎彩斾，谷传深响答鸣鼙。
避人幽鸟凌云噪，抱子惊猿走险啼。
春岫重重春水绿，却疑身在武陵溪。

同万州相里殿丞游溪西山寺

使君呼客入山行，晓径前驱照彩旌。
蛮女背樵岩侧避，野僧携刺马头迎。
千层云水迷三峡，一巷人烟认百城。
楼阁凭余清我听，竹风萧瑟涧泉鸣。

送黄贲赴渭州机宜

我愧非才敢赠言，告新今幸接英躔。
炎威满路千山去，和气流民百口传。
就捧丝纶天子命，到参帷幄主人贤。
前筹要使边陲静，报德铭功愿两全。

次韵张著作赠讲礼孙秀才

丈席横经事讲评，暂开雄辨五河倾。
十年素蕴胸中吐，一日清风坐上生。
诸子授来疑顿释，先儒宗后业偏精。
尘编古有多门学，今喜公能为发明。

酬杨鸿渐察判见寄

进不惊人退不藏，竭来士术惠殊乡。
疏余益信琴多乐，拙甚方虞锦重伤。
顾我未能精俗事，感公偏遗好诗章。
怀间得胜千金直，莫谓无人识夜光。

送崔度推官任满还长安

三岁西州此效官，幕中无事有宾欢。

瞻云预喜长安近，归骑还惊蜀道难。

分袂天涯逢腊尽，入关时候正春寒。

前途应念朋从意，回首秦亭一据鞍。

谒青城山

背琴肩酒上青城，云为开收月为明。

观宿有诗招主簿，刘绛诗约同游。庐空无分遇先生。张俞出山。

墙留古画仙姿活，石载奇文俗眼惊。

却念吾乡山亦好，十年孤负烂柯行。

次韵孙直言正旦马上有感

蜀国从官又见春，物华人事两俱新。

已推才力多余地，更赋词章妙入神。

要路我甘无俗迹，夷途公自有通津。

逢时得用看施设，未止区区庇远民。

次韵金判俞尚都官寄兄君然中允致政

勇退如公世少俦，乐天知命富春秋。

峨峨去得寒宫桂，泛泛归乘雪水舟。

举目烟霞中有趣，无心轩冕外何求。

引高应笑朝闱客，白首龙钟未肯休。

和淮上喜雪呈贯之

落雪纷纷甚羽毛，相逢淮上系轻舠。
压低酒力威棱健，助豁诗怀气象豪。
两岸远山供玉障，一天长水尽云涛。
归欤喜见丰年瑞，南顾无烦帝力劳。

和颍川见徐学士

台阁官资属二贤，岁寒相见颍流边。
新醪喜泛千钟蚁，永漏惊移数叶莲。
致主圣神跻舜禹，济时功业企阂颠。
故人清会俱高论，肯事狂歌学少年。

次韵范师道御史

昔如李郭去登仙，今复东行并客船。
夹岸云山千里路，满襟风月九秋天。
持杯旋斫桐江鲙，觅句频赓蜀国笺。
君到七闽佳丽地，荔枝红发欲殷然。

和见雪

惊怪穷冬百物繁，落梅狂絮逐风翻。
酒无戈甲争酣战，诗似波澜竞讨源。
且卸帆樯限断岸，好开屏嶂画孤村。
知音若问《阳春》曲，待把琴调细细论。

新定即事

泉高终日听潺湲，花草才佳烂漫看。
言念君恩得私请，敢于身计学偷安。
开元刺史名千古，东汉先生钓一竿。
贤迹勉寻余自愧，牧民犹带触邪冠。

初到睦州寄毗陵范御史

前日鹓鸿接羽仪，平生风谊见施为。
苏台薄暮分襟后，严濑逢佳伫立时。
归棹岂能忘旧里，去筒犹未寄新诗。
寒泉绕石山环坐，一弄南风慰所思。

和范都官述怀

人为闲郡我为荣，僚友多欢事少生。
诗里江山今共乐，籍中龙虎旧传名。
逢时自可青云致，喜老休将白发轻。
垂世功名期力到，上方求治急材英。

勉郡学诸生

桐江为守愧颛蒙，来喜衣冠好士风。
劝学重思唐吏部，教人多谢汉文翁。
济时事业期深得，落笔词章贵不空。
道有未充须自立，莫将荣悴泪于中。

和彦涂田曹见寄

自喜还家入郡闳，久无书简到京城。
棋观每笑机心巧，琴断还忧曲意生。
厚禄万钟身外薄，冷泉千尺耳边清。
来诗咏叹陶然乐，疑梦钧天奏九成。

送范都官

莫惜芳樽细细斟，还台诗句满离襟。
海潮风驾漫幽渚，乡岫云开认故林。
八月气凉归棹快，三年恩厚在人深。
紫宸晓拜天光近，宜有封囊悟主心。

和前人重九日寄

丁字溪流甚箭奔，忍看行色夕阳村。
三吴望远迷烟棹，九日登高泥酒樽。
诗得琼瑶今有意，感充怀抱更无言。
归钦一曲桐江好，西北通宵欲梦魂。

新定获龟继得梓漕携之赴官

买自桐江数岁前，洁中轻外欲巢莲。
同麟荐世宜为瑞，邀鹤寻真定得仙。
肯示吉凶贻后悔，只随呼吸到长年。
主人幸不烦供养，俾托辂车看两川。

过子陵故祠

帝念先生素所亲，殊恩终不顾丝纶。
图勋耻预凌烟像，辞贵甘为掷钓人。
云水孤高教适意，俗风奔竞使还淳。
如今丘壑无遗士，天子思贤号圣神。

次韵石温之都官见赠

桐江得请上恩荣，孤士惭无善可旌。
望阙天光惊已远，到家春色喜先迎。
云边旧念青山隐，鉴里新逢白发生。
多谢贤朋遗佳句，重于珍璧价连城。

忆松溪三兄县尉

忆别杨州六月中，倏今三已换春冬。
烟帆去蜀七千里，云岭瞻闽几万重。
莫为沈迷嗟下邑，要将清白广吾宗。
天遥最是书难得，早倩来鸿寄一封。

次韵郑琰登睦州高峰塔

旧迹蒙君丽句夸，昔同峰顶蹑云霞。
逢秋谒寺留诗笔，薄暮归鞍照月华。
旋酌香醪浮瓮蚁，斗烹新茗满瓯花。
心余更作儒官会，帐内诸生拥绛纱。

得守虔州过乡邦赠别衢州太守高赋同年

俞请分符入赣川，过家为幸获于天。

桂宫旧有同年契，梓里今逢太守贤。

酾酒殷勤供去帐，解囊分耀贮离篇。

晓来颇觉思君梦，烟水沧茫隔画船。

守虔过家登高斋即事

旧里徘徊忽四旬，高斋高胜足欢忻。

当轩晓看山横黛，负郭秋成稼覆云。

酌酒屡邀朋契乐，弄琴真与俗喧分。

虔州莫讶迟迟去，乡便恩荣荷圣君。

寄永倅周敦颐虞部

君去濂溪湖外行，倅藩仍喜便乡程。

九疑南向参空碧，二水秋临彻底清。

诗笔不闲真吏隐，讼庭无事洽民情。

霜鸿已到衡阳转，远绪凭谁数寄声。

虔州即事

君恩山重若为酬，补郡都忘乐与忧。

惶恐滩长从险绝，郁孤台迥足观游。

赣川在昔名难治，铃合于今幸少休。

人谓阔疏予自喜，远民按堵更何求。

次韵何若谷都官灯夕

千门灯烛事遨游，车马通宵不暂休。
幸免烟氛遮皓月，任随箫鼓杂鸣驺。
金壶漏下丁丁永，玉斝霞生滟滟流。
帝泽远临人鼓腹，赣川宜有太平讴。

次韵徐师回殿丞捧诏亭听琴

讼鍧无哗去访真，并游僚友若天伦。
庭存列宿仙坛古，堂启先生诏墨新。
膝上按弦清度曲，席间倾耳静留神。
泠泠不断绵绵意，追想南风解愠人。

寄知福州范师道龙图

十年游雾入兰熏，本末聊同出处均。
五岭昔将巴蜀远，君漕南粤日，予漕梓益路。七闽今与赣川邻。

虔福接畛。

雪中始见松难改，火后须知玉是真。
事业他时公自任，致君尧舜泽吾民。

次韵何若谷寒食燕集

雨过江城绝点尘，清明佳节正千门。
舞香扑坐花新戴，歌响盘云曲旋翻。
几欲为春留日驭，直须同俗醉衢樽。

因思老氏登台乐，若此斯民未足论。

次韵钱颛喜雨

山川灵秀降丰穰，千里油云泽我疆。
为叩明神虞岁旱，故飘甘泽助春阳。
征人共解江头缆，游女争夸陌上桑。
令尹爱民形喜色，作诗先已报丰祥。

次何若谷上巳游江

被禊追修宴集开，山川聊为霁风雷。
衣冠恺乐觞传羽，旗鼓号呶笛弄梅。
画鹢稳移随岸曲，珍禽惊避逐波颓。
百城锦绣人如织，笑看使君乘兴来。

次韵钱颛见赠入学听讲

文翁治蜀泽民深，赣守无堪愧士林。
长育务先庠序教，讲磨思见圣贤心。
今兹未肯孤毫善，学者尤宜念寸阴。
三百余篇金石奏，席间愿听得遗音。

次韵何若谷寄提刑蔡挺

远俗期年荷德丰，一麾乌足滞才雄。
朝签寄任非轻外，圣诏丁宁果发中。

却念松楸还里闬，再驰牛犊恳天聪。

只应未遂归轵兴，江右澄清已望风。

次韵楚守孙直言职方见寄

间关来赣会年丰，十县农桑画障中。

雨足山川多秀气，暑消台阁有清风。

人惊地远还同近，谁道江西不似东。

琴酒从容随分乐，敢将身计事匆匆。

次韵广东转运董仪职方同年见寄

赣守无堪出榜中，日闻将漕称才雄。

感公迢递诗筒至，谓我优游讼銗空。

高会正遥千障月，羁怀聊寄七弦风。

何时把酒朋从乐，也待醒狂学次公。

次韵黄伯度虞部见赠

念昔相逢向上方，别来惊已换星霜。

梦回半是烟波阻，诗寄全篇箧笥光。

近喜岁丰无剧讼，更多雨足压骄阳。

施为自顾如何尔，凫鹤奚烦问短长。

闻杜植移使湖南

去岁南来幸守麾，故人江上喜新眉。

十分劝我流霞酒，一曲听公白雪词。

此后拙疏真有赖，而今谈笑杳无涯。

惊闻拥节重湖去，凭仗西风寄所思。

留题悦亭因简何若谷都官

翠柏环庭数亩间，萧疏仍是枕江干。

都如君子怜松茂，半为主人谙岁寒。

素壁留诗多健羡，画船过里暂盘桓。公倅虔代还。

因公此景予心喜，亦有高斋待挂冠。公尝题高斋诗。

送前人过乡还朝

景祐贤科昔共登，长沙宾佐复交承。

三千里外今同郡，二十年前旧得朋。

赣水帆樯惊远别，玉峰栏槛到先凭。

朝廷正是求材日，欲恋仙乡算未能。公家玉笋山下有玉峰亭。

次韵董仪都官见赠予尝宰海陵，踵公肃美政之后，故云嗣英

海陵余昔嗣英僚，旧尹咨新治有条。

此别风波嗟各路，但闻名誉籍当朝。

今夫郡接濒江地，幸矣民多乐岁谣。

南国故人千里隔，举头云岭郁岧峣。

同周敦颐国博游马祖山

晓出东江向近郊，舍车乘棹复登高。

虎头城里人烟阔，马祖岩前气象豪。

下指正声调玉轸，放怀雄辩起云涛。

联镳归去尤清乐，数里松风耸骨毛。

南康公余有作

道未中充气未闳，圣神遭遇本寒生。

廷中人愧言无补，岭下来欣治有名。

世路计身焉用巧，古人逢物要推诚。

从容章贡台前望，赣水秋天一样清。

次韵周敦颐国博见赠

蜀川一见无多日，潮水重来复后时。

古柏根深容不变，老桐音淡世难知。

观游邂逅须同乐，离合参差益再思。

篱有黄花樽有酒，大家寻赏莫迟疑。

和虔守任满前人香林寺饯别

顾我入趋尧阙去，烦公出饯赣江头。

为逢萧寺千山好，不惜兰船一日留。

清极往来无俗论，道通何处有离忧。

分携岂用惊南北，水阔风高万里秋。

次韵衢守陈守言职方招游烂柯山

贤侯九日去寻山，牵俗无由得附攀。守尝见约，是日以事弗克同往。

换世昔传仙局久，登高今喜使车还。

平原丰稔农欢劝，犴狱空虚吏放闲。

从此烂柯光价起，为留佳句落人寰。

按狱眉山舟行

携琴晓出锦官城，千里秋原一望平。

放舸急流身觉快，披云孤屿眼增明。

农田雨后畦畦绿，渔笛风前曲曲清。

讯狱远邦先涤虑，恤哉休戚在民情。

次韵蔡挺提刑出巡将还

榜契推诚积有年，天渊冲跃见鱼鸢。

方欣友会为愚幸，又辱诗情着意缘。

庾岭棠阴留远俗，赣川舟御若飞仙。

明朝预想陪高谊，满座清风盛暑天。

会新都孙直言于成都

同志同年分若亲，幸从天与岂关人。

交情旧别江乡晚，客宦今逢蜀国春。

酌酒强论贤否事，畏涂休说利名身。

邻封却喜无多远，来往诗筒莫厌频。

题三泉县龙洞

蜀道群山尽可名，更逢佳处愈神清。

初疑谷口连云掩，入见天心满洞明。

怪石磷磷蹲虎豹，飞泉落落碎瑶琼。

嵬巅别有神仙路，又得攀跻向上行。

成都西楼

多暇朱栏倚望频，远云开即见峨岷。

昔贤初尽经营力，今我独为优幸人。

胜阁帘高惟掩雨，老台民乐只登春。

争如蜀国西楼好，四序风光日日新。

张公二月二日始游江以集观者韩公绛因创乐俗亭为驻车登舟之所

长桥东畔尼朱轮，画栋雕栏锦水滨。

子美浮桴传大句，乖崖游棹看芳春。

樽罍泛泛留佳客，鼓吹喧喧乐远人。

夹岸香风十余里，晚随和气入城闉。韩公绛尝游，故云。

和交代韩公绛端明别后见寄

关山晴晓过绵州，两蜀人思惠爱稠。

去路旌麾朝日下，驾空桥栈接云头。

初观妙句离怀释，似酌清泉渴恙瘳。

孤绪摇摇更东望，西楼千尺止三休。

寄谢蒙州守周源屯田

念公别后固依然，蜀距炎方里数千。

剑栈过来才一月，诗筒传得已三篇。

胸藏忠谊坚于石，口吐文章涌似泉。

何日解符还阙去，如今朝野不遗贤。

运使王举元兵部因谈道惠诗次韵

初穷文字作阶缘，若得嘉鱼即弃筌。

堪笑蚊蝇惊八月，岂知龟鹤寿千年。

无心是处非关境，有命由来不在天。

自古君臣悉功行，不然终未到神仙。

送前人还都

蜀道将输茂绩成，远人安靖岁丰盈。

发施号令岷山峻，除去贪婪锦水清。

一旦赐环来日下，九秋乘驿度云程。

朝廷礼盛荣归好，亲见吾皇讲太平。

荣谭学士按部未还因寄

欲见遐陬尽乐康，沈黎回即按嘉阳。

寻山举屦三峨峻，度岭驱车九折长。

坞柏正宜寒后悦，驿梅多向腊前芳。

锦川遨乐春期近，早着鞭来入醉乡。

题天彭鲍郎中南楼

彭门于蜀最无双，人悦南楼重叹降。

瀌瀌鸣泉漱珍玉，森森佳木拥旌幢。

仙飙出洞清来坐，彭门多仙山。峦雪排岩冷透窗。

太守詹云日登向，巴江迢递隔吴江。公以亲老数奏乞便乡官。

赠玉局李垂应太师

坐观山水地幽清，恬淡冲虚乐性情。

迹混光尘宗老氏，术通仙俗似君平。

欣逢真侣论根本，耻向权门叩利名。

济世金丹得传授，先生高隐在青城。张先生邀乃其师也。

成都转运翠锦亭

群木依亭翠锦开，主人吟燕日徘徊。

青帏照坐初疑染，绀障铺檐不是裁。

蚁酝对倾金罍满，鸭头前引五溪来。

劝公勿用迟留赏，早暮须贤即召回。

提刑邢梦臣度支连理荔枝

嘉阳天远被熏风，荔子呈祥郡馆中。

庇本莫将慈竹较，媚时宁与瑞莲同。

并柯昼耸烟光动，异干霄空月影通。

奇木幸逢真赏笔，谁夸丹实一庭红。

送苏寀刑部赴召

有诏西来亟治装，古今威望重痴床。
不烦右蜀专飞挽，直为南台正纪纲。
豸角风霜秋肃肃，鹤形环佩晓锵锵。
忠贤得用朝廷美，礼法匡时事业光。

次韵张唐民都官道中有怀

言念离情积有年，朋心金石孰为坚。
殿庐未入承明直，郡阁先传太守贤。
且向天涯行五马，不妨神液溉三田。
闻公比悟庄生指，于此纷华已泊然。

再经江原县有作

徙命乘轺入锦川，泯沱寒霁好人烟。
弹琴旧治俄三政，持斧重来未十年。
欲去民忧同乐只，敢孤朝寄独恬然。
邑城东望踟蹰久，魏阙天遥里数千。

招运判霍交回辕

自邛之雅渐高丘，所过从容尽胜游。
白鹤山头云里寺，金鸡关外雨中州。
公今南按蠲民瘼，岁已西成辍上忧。
江渎荷花开似锦，且同归去采莲舟。

游青城山

山到青城险复奇，地平孤起压坤维。
直通一径岩巅上，俯觉千山迤逦卑。
为访隐贤题古壁，因观幽境过荒祠。
白云深处逢岩老，醉酌松醪满鬓丝。

题张唐英秘校桂香亭

月中新得桂香清，归向斯亭立美名。
作赋仗前登第好，拜恩堂下到家荣。
晓羞兰膳亲心乐，春照蓝袍俗眼惊。
跬步不宜轻自待，青云岐路坦然平。

送蜀倅杨瑜东归

倅郡优游得治声，代还东出锦官城。
一州和气三年迹，万里寒威十月行。
江外预通乡信喜，仗前归拜帝恩荣。
逢今敛用良材日，好使明堂大厦成。

送张唐英司理赴渝州

不用咨嗟怆别离，听吾持酒祝公词。
少年得第人谁似，纯孝于亲里共推。
姓字已通丞相梦，今丞相文公因梦尝以诗遗君。才名须结圣君知。
狱情要在平生允，容驷高门自有期。

题运判霍交瞻岷阁

阁外风光满意新，诸公同上看梁岷。

蜀天六月云如火，夷界千峰雪似银。

岩叟近传多得寿，羽人曾此数登真。

夫君不为神仙事，早暮孜孜泽远民。

送张唐英太博

蜀卿荣耀跞光尘，忠孝兼全到古人。

万乘累年闻奏牍，双亲同日拜恩纶。

志伴鸾鹄风仪远，文得岷峨气象新。

圣政于今急贤者，肯教留滞蜀江滨。

寄酬梓路运使赵诚度支

东川使者驻前旌，西念邻邦眷旧情。

屐齿峻登云顶寺，诗筒遥寄锦官城。

民间乐矣原田稔，境上熙然狱犴平。

闻说提封足和气，我心欢快为宗盟。

次韵蔡仲偃都官南归留别

留诗为别重依依，春浪桃花晓弄晖。

柯岭峥嵘何处所，兰桡安稳送将归。

与君志有云泉约，顾我身无羽翼飞。

浮石仙今遗迹在，吾庐江畔忆渔矶。

次韵孙直言书怀

四十惊霜入鬓新，道光休叹守官贫。

荣涂渐快青云步，宠禄方酬白首亲。

此日文词夸世俗，异时才术济吾民。

功名立去何忧晚，要得相期到古人。

青州劝学

学欲精勤志欲专，鲁门高第美渊骞。

文章行业初由己，富贵荣华只自天。

一篑为山先圣戒，寸阴轻璧古人贤。

沂公庠序亲模范，今日诸生为勉旃。学之始自王丞相兴。

赵清献公文集卷第四

七言律诗一百六十一首

述 怀

三十年前一布衣，烂柯山下骤鸣飞。

梦刀蜀国青天上，衣锦杭州白昼归。

曾预机衡蒙帝眷，自同葵藿向晨晖。

东斋事少愚知幸，终日平岚面翠微。平岚，亭名。

夏末喜雨

灵湫祈祷酹樽罍，稽首精神敢惰哉。

民意欲从千里雨，天威为动一声雷。

预期多稼如云去，且免飞蝗入境来。

酷暑骤祛还自喜，清风朝夕上楼台。

次韵孔宗翰水磨园亭

南洋一服通机磨，更引余波绕曲池。

高柳碧阴无酷暑，小莲红老惜芳时。

临流共赏休辞醉，按辔重来未可期。

从此邦人为胜事，范公亭榭孔君诗。

次韵王居卿提刑游云门山

千里峥嵘到忽平，兀然如觉梦魂醒。
石通幽室心生白，径拥寒云步入青。
一水下窥疑绝线，两山前列似开屏。
重城归去仍堪喜，岁稔人家户不扃。

次韵王宪中秋不见月

一城歌管中秋乐，薄暮楼台六幕垂。
明月幸无亏损处，浮云应有敛收时。
聊因表海今宵醉，却起钱塘去岁思。
有美堂前如白昼，练铺江面镜须眉。

寄余庆讲僧思辩

年光已占六十四，七十归来尚六年。
顾我久惭迷利禄，与师同约老林泉。
政为岂弟聊康俗，心放逍遥自到仙。
身寄东州梦南去，山堂依约艮庵前。

次韵孔宪重九出巡未回

东望迢迢百尺台，清风徒念故人来。
幸空讼鬨澄心坐，喜得诗筒盥手开。
不觉登高佳节到，未期行斾几时回。
尧山虽与民同乐，阻共车公把酒杯。

酬孔宪将还

待月登高悉后时，还辕今喜近郊岐。

再圆光彩蟾升汉，未谢馨香菊满篱。

乘暇寻山应有得，闻欲谒九仙山。许陪观海不知谁。所处登莱

州皆枕海上。

感君按辔澄清外，遗我琼瑶两首诗。

送十二弟太博扬倅潭州

我忆初筵湖外日，于今三十八年间。

无缘再得游潭府，有梦还应到岳山。

屈指春秋惊老大，满头霜雪欲归闲。

之官莫惮长沙远，行业于人不愧颜。

次韵孔宪蓬莱阁

山巅危构傍蓬莱，水阁风长此快哉。

天地涵容百川入，晨昏浮动两潮来。

遥思坐上游观远，愈觉胸中度量开。

忆我去年曾望海，杭州东向亦楼台。杭有望海楼。

次韵王宪表海亭赏雪

开樽表海最高亭，正是纷纷雪态轻。

比屋万层琼室遍，夷涂千里玉沙平。

因风起絮先春意，与月交光后夜清。

共喜丰登有佳兆，结成和气在民情。

再登亭偶作

气象三齐古得名，时登表海最高亭。

河源一水下青嶂，人物两城如画屏。

邑报有秋期俗阜，守惭无术济民灵。

从来狱市并容地，且向樽前任醉醒。

寄酬旧交吴中复龙图

我昔梦刀惭乐土，君今叱驭信贤哉。

芝兰旧友三年别，金玉新诗万里来。

石室清风期俗变，锦城珍宴为民开。

中和有颂朝廷喜，行看春光拥诏回。

酬越守孔延之度支

君诗感别我依依，言念朋怀与愿违。

京口落帆初醉后，江心登寺复分飞。去年春三月，公之会稽，
予自杭徙青，饯别于润州之金山。

回思二浙风烟好，来喜三齐狱讼稀。

旧里未归徒仰羡，小蓬莱上占春辉。

青社有怀杭州

早暮涛声绕郡衙，湖山楼阁衬烟霞。

浑疑出处神仙地，不似寻常刺史家。

假守半年无惠爱，退公连日不喧哗。

东州久发南归梦，却念重来未有涯。

再有蜀命别王居卿

穆陵关望剑门关，岱岳山连蜀道山。

自顾松筠根节老，谁怜霜雪鬓毛斑。

离家讵谓虞私计，过阙尤欣觐帝颜。

叱驭重行君莫讶，古人辞易不辞难。

入蜀先寄青城张逖先生

踰年青社得徘徊，一日皇华下诏催。

蜀道五千驰驿去，秦关百二拂云开。

不同参政初时入，吕公余庆。也似尚书两度来。张公乖崖。

到日先生应笑我，白头犹自走尘埃。

寄题刘诏寺丞槛泉亭

泉名从古冠齐丘，独占溪心涌不休。

深似蜀都分海眼，势如吴分起潮头。

连宵鼓浪摇明月，当暑迎风作素秋。

亭上主人留我语，只将尘事指浮沤。

过铁山铺寄交代吴龙图

暂留山驿又晨兴，西望旌麾想旧朋。
三院华簪曾对直，两川兵印复交承。
年光头鬓华如雪，世态心情冷似冰。
境上凭诗驰远意，青泥寒晓入云登。

过左绵偶成

东南再守二年间，自杭徙青。徙蜀何须问险艰。
入觐已违龙尾道，出麾还过鹿头关。
与民共约三春乐，顾我都忘两鬓斑。
岁满乞骸何处好，仙棋一局烂柯山。

次韵吴龙图别后言怀

言念朋游二纪间，离樽前对鬓丝斑。
告新剑外皆遗爱，道旧台中共解颜。
我固无辞来蜀国，公闻有命镇秦关。
西东接畛三千里，莫厌诗筒数往还。

至成都有作二首

四十年间利禄身，平生疏拙任天真。
惭无治迹留青社，喜奉恩华觐紫宸。
去国早逢关右雪，下车还入剑南春。
为怜锦里风光好，不倦从来作主人。

又

西指梁岷路屈盘，犹能矍铄据征鞍。

大庭临遣皇恩重，远俗传闻睿诏宽。

峰耸云妆银世界，江深春动锦波澜。

遨头老矣民知否，莫作风流太守看。

次韵提刑张广民度支射中金钱

百发秋毫不少偏，宜应佳兆中青钱。

鸣弦迅发心先正，破的劳观眼欲穿。

赏劝坐添杯上桂，咏歌宾许幕中莲。

古人一箭功名立，岂止文章独炳然。

题江原张著作善颂堂

构堂宾族聚于斯，屈指高风剑外稀。

七十年尊君乐隐，二千石重子荣归。

溪流石上来清响，岩洞檐前耸翠微。

旧令尹今西处望，予尝宰其邑。江原间巷正光辉。

送运判韩宗道赴阙

去岁间关到蜀时，闻君早作促装期。

初疑倾盖无多日，今幸分携已及期。

晓栈直登云里路，腊梅还见雪中枝。

紫宸入觐从容对，剑外民灵荷帝慈。

送别张宪唐民

三年持节按刑章，岂弟其谁不叹降。
才者设施功第一，使乎光彩竟无双。
宣风蜀右成新法，易拜秦东得旧邦。
欲识远人留恋意，陇泉幽咽下巴江。

次韵运使荣谞学士游净众寻梅

飞盖城西探早梅，僧园栏榭燕游陪。
微寒始报冬初信，清艳应留腊后开。
子美英词夸雪色，赵昌精笔写香腮。
此花自有天容意，迎得春阳次第来。

送茂守吴彦先郎中赴阙

汶山为郡数逢春，被诏还都岁又新。
惠政久通蛮檄外，怆怀初去蜀江滨。
邛崃古未兼忠孝，宣室今非访鬼神。
制御羌夷知有术，上前章牍为开陈。

次韵黎守毛抗屯田见寄

岷峨还是一川雄，我愧行春与俗同。
乐国此年丰衍后，嘉朋终日笑谈中。
沈黎太守初成政，蕃诏诸蛮悉向风。
圣世唐虞流泽远，启行无复用元戎。

送左绵孙珪职方赴阙

三年遗爱被西州，供帐民情岂易留。

险道若天春气近，雄关如剑晓光浮。

禁中曾上台僚荐，近臣尝奏君才堪御史。使者仍书郡课优。成都漕司以君

政课第一。

去矣青云岐路稳，不须回首越王楼。

钤兵李左藏厅赏梅

岁晏珍林发素葩，樽前奇赏著诗夸。

惊逢腊去已三日，喜见春初第一花。

照水冷容酥点缀，摇风香片雪纷拿。

主宾莫作寻常看，锦里名园只两家。成都此花，惟钤兵东西二园最盛。

次韵荣学士按简州见寄

我昔坤维滥使权，简池行部属丰年。

盘桓郡驿留单骑，徙倚江亭按七弦。

今愧高贤传丽藻，远闻清思涌寒泉。

置藏中衍光华甚，不使珠玑只媚川。

钤兵王阁使素芳亭赏梅花

素尊清香并酒卮，主人勤意嘱留诗。

为逢蜀国新开日，却忆江南旧赏时。

春密未通桃李信，腊残都放雪霜姿。

先公旧植亭栏外,肯构重来见本枝。先司空钤兵日,始创是亭。阁使复继其职,是谓有子矣。

答彭守鲍叔轲郎中

白云东向日瞻凝，连捧封章写至诚。

八十亲高思就养，二千石贵恳辞荣。

兰陔得志趋吴分，棠芾留阴在蜀城。

腰印还乡人子乐，锦衣光动彩衣明。

酬剑守王嘉锡郎中

登科三十四年春，五百人中惊几人。

顾我虚名惭过分，得公佳句读惊神。

初疑暗里双珠掷，自喜怀间万玉陈。

预卜铃斋论仕契，入关聊为驻车轮。予代还密迩过剑，期一见。

次韵周源屯田祷雨二首

城东野老告予知，四载凶荒语益悲。

远水又成千里涸，阔天无复寸云垂。

仓箱势绝丰登望，道路人为殍死期。

刺史至诚天若应，愿留遗爱入生祠。

又

炎曦禾稼猛于烧，试问灵龟兆已焦。

雨意几时随气协，雷威何日胜氛妖。

汉朝八使烦敦遣，周室三公重燮调。

有祷愿将明德荐，芳馨何必在兰椒。

答江钺都官见招

风波岐路益驰奔，疏静嗟谁得似君。

乐矣夜觞西岭月，傲然秋钓北溪云。

诗章有趣为千首，利禄无心顾一分。

鸡黍辱招来慰意，俗拘何计入兰熏。

次韵江原方任太博见寄

锦城之别重吁嗟，人事缤纷走岁华。

遗我诗篇来有意，忆君魂梦去无涯。

秋惊蜀岭更书近，云掩闽山故国赊。

闻说政成风俗好，又添和气乐人家。

次韵李元方即事

壮岁胸怀独感时，肯随寒暑似民咨。

能思损益长开卷，任有闲忙不负诗。

趣向已为污俗笑，声名须共古人期。

茅斋寂坐生秋思，无语西风夜月知。

闻岭外寇梗

惊说炎飙烟瘴时，洞蛮蜂起寇南陲。

家书万倍金难得，远梦千回路不知。

刺史没身专捍御，康州赵潜叔死敌。谏官衔命救疮痍。起居赵
叔武出使。

伏波死去今谁继，大笔铭勋压海涯。

赠东川曹道人

养生非谓独存神，功行须令日日新。

高睨鹏抟风万里，静怜龟息寿千春。

物无凝滞心无积，名已逍遥道已醇。

命不在天须力信，世间多少未知人。

劝成都府学诸生

学初心勿动华纷，须念文翁昔日勤。

事业直教名不朽，声猷堪畏世无闻。

平居乡党终传道，得位朝廷必致君。

为语诸生期远到，天衢亨处有青云。

题府庭海棕

海棕根干出栟榈，双势凌空剑外无。

长锁荆榛嗟庙柏，不禁风雨笑庭梧。

胡僧过识已千岁，蜀守来观只两株。

离立峨峨同壮士，侧身东望拱皇都。

次韵文同学士春雪

东皇欲报丰年信，千里同云六幕阴。

遇景大吟诗将手，与民偕乐使君心。

锦城阔暖无多积，岷岭高寒旋觉深。

最是西园花木好，晓来妆点作瑶林。

次韵高阳吴中复待制见寄

守蜀无堪讵足论，扪参天邈紫微垣。

岁时丰衍真为幸，犴狱空虚冀不冤。

素志未容龟曳尾，误恩深愧鹤乘轩。

嘉章益见公高谊，所得长逢左右原。

次韵霍交中春游乐俗亭

自怜拙政无他状，强继前贤乐远民。

轩豁四檐芳草岸，夷犹千棹绿波春。

岷山霁色尘氛敛，锦里风光气候新。

暮角未吹人未散，醉歌欢舞共纷纶。

次韵苏采游学射山

锦川风俗喜时平，上巳家家出郡城。

射圃人稠喧画鼓，龙湫波净照红旌。

迎真昔诧登天虎，世传张伯子其日于此乘龙上升，遗像存焉。命侣

今闻出谷莺。

勉为远民同乐事，使台仍是得贤明。

送程给事守越州

千骑从君临照水，双旌复我守钱塘。

当年已共攀蟾桂，今日休辞醉羽觞。

行听龚黄歌治誉，好追元白递诗章。

分符况与寻常异，彼此东西是故乡。公辟于杭，而予于越，皆
有祖茔存焉。

次韵前人寓越廨宇有怀

越郡江南尽不如，乐天流语信非疏。

人从锁闼中间出，宅在蓬莱向上居。

言念玉符分镇日，却思琼苑拜恩初。

临风又辱诗筒寄，足见优游刃有余。

再用韵

一别三秋一日如，望中红叶已萧疏。

曾闻眷注行优召，自顾衰迟未退居。

在昔游从今道旧，平生事契敢忘初。

古人最重交情久，堪笑当年汉耳余。

和前人有怀二首

一日褰帏令必从，自惭前秕属衰翁。

声回地底清梅角，讼息庭中冷銈筒。

旧契世同知管鲍，新文人服似轲雄。

公闲数有琼瑶赠，又使乡闾笃士风。

远如千里志还同，目断云天未易穷。

勉强一麾吴国分，雍容五马浙江东。

泉源自古流丹井，越。桂子还逢下月宫。杭。

尽占神仙真乐地，轩裳何敢羡三公。

次韵郡斋即事二首

凤沼宠荣辞禁闼，龙山安稳驻车轮。

东方渐喜威严霁，属郡争传号令新。

试数岁华如过隙，宜将世事拂前尘。

因思四十年同榜，吴越如今只两人。

又

田原多稼才丰日，橘柚逢霜正熟初。

鉴水烟波乘兴远，兰舟风月助吟余。

安知贺老惟修道，未必羲之只嗜书。

谁道蓬莱宫尚小，玉皇香案吏来居。

次韵见寄

勇退犹惭大丈夫，两州四任若冥符。

未容上冢重官越，不谓班条再守吴。

云屋万家诚乐地，涛江一水隔名都。

同年后日同归去，画作东西二老图。

次韵郡斋偶成

两火一刀名素胜，十分双涧地长灵。

赏心曾为乘华舫，好手应难作画屏。

北海楼前千里静，南山天末四时青。

蓬莱自是仙家景，解使诗翁醉眼醒。

武林即事寄前人二首

乞得钱塘下九天，徙从青社复三川。

坤维十往万余里，吴分重来七八年。

鉴水坐遥怀旧治，柯峰归晚愧前贤。

东州赖有微之约，曾寄诗筒递百篇。

又

七十随缘岂有由，乐天曾不厌杭州。

青山未隐如千里，白首重来又九秋。

月窟仙人遗桂子，海门神物助潮头。

自惭老守无心力，坐镇吾民静即休。

题杭州普应院偃松

老松低偃四时荣，太守重来眼为青。

密叶动摇翔凤势，深根盘屈卧龙形。

每容狂客春携酒，长庇闲僧昼看经。

一百年来霜雪操，肯随群木漫雕零。

次韵程给事见怀

烟水平湖千顷碧，楼台佳木四时青。

人瞻杳杳升天宅，客意峨峨望海亭。

已是威怀宽帝念，更加丰稔慰民灵。

退公莫厌音题密，去鲤来鸿不暂停。

有怀前人

湖平去棹复鸣榔，一别何时手重携。

龙榜昔同科甲乙，虎符今得郡东西。

寻真曾忆观丹井，乘兴徒思泛剡溪。

闻说公堂多暇豫，湖山无处不留题。

登望越亭寄程给事

望越亭无一点尘，迢迢东首座凝神。

雨余岫色浓如黛，日出波光烂若银。

我类武陵归去客，君为蓬岛上头人。

谁知老守吾乡便，得与诗翁作善邻。

有怀前人

稽岭楼台真旷绝，武林风物竞豪华。

两川对望音题数，一水中分会晤差。言到越迟。

东海渺茫排岛屿，西陵依约露人家。

元和赓唱今犹古，此乐情怀岂有涯。

次韵腊月不见梅花

隔江气候不齐时，梅向杭开越上迟。

春远未通蓬岛信，腊深先放武林枝。

岭头素艳从争发，笛里孤音却后期。

虚白堂前攀折看，咏公诗句醉金卮。

次韵楼头闻角

龙蛰穷冬万否开，蛩吟清晓在蓬莱。

五更枕上惊残梦，一曲楼头动小梅。

入牖凉飔声咽绝，满庭斜日思徘徊。

新年合我七十一，柯岭不如归去来。

次韵岁暮有感

岁月如流不用嗟，盛衰前定岂曾差。

自怜览照头浑雪，犹喜观书目未花。

竺岭两曾逢落桂，龙山三见撷新茶。

春元便欲休官去，谁顾杭州十万家。

次韵即事见怀

鉴水宽闲称越国，河塘繁剧是杭州。

蓬山君继元丞相，竹马予惭郭细侯。
郡邑丰穰真可喜，人家饱暖更何忧。
西陵隔岸无多远，数上临江百尺楼。

岁暮偶成寄前人

宦途衰老敢辞勤，只计斯民不计身。
眷恋青山乖素约，迟留白首未归人。
举头旧治无三舍，屈指明朝又一春。
珍重东州年契厚，趁潮双鲤得书频。

戊午元日偶成

驱驰光景急如轮，复见元丰岁始春。
七十一年欣入手，三千奏牍欲归身。
江涛有信人随老，烟草无涯色又新。
自是乞骸时节好，不应推托为思莼。

清风阁即事

庭有松萝砌有苔，退公聊此远尘埃。
潮音隐隐海门至，泉势潺潺石缝来。
夜榻衾裯仙梦觉，晓窗灯火佛书开。
休官不久轻舟去，喜过严陵旧钓台。

杭州上元观灯二首

元夕观灯把酒杯，宾朋不倦醉中陪。

一轮丹桂当天满，千顷红莲匝地开。

烟火楼台高复下，笙歌巷陌去还来。

因民共作连宵乐，直待东方明始回。

又

初逢稔岁改初元，元夜从游驾两轓。

寺曲水灯多巧怪，河塘歌吹竞喧繁。

安排百戏无虚巷，开辟重关不锁门。

愿以民心祝尧寿，众星高拱北辰尊。

次韵程给事越州元夕观灯

隔江灯火越王城，别有新春喜复惊。

累夕思乡还有感，三年怀旅岂忘情。

歌钟浩浩临香陌，罗绮盈盈簇彩棚。

秉烛夜游公不倦，也知斯乐为民行。

次韵前人治西园池馆因怀昔日太守蒋堂侍郎二首

越有西园作者谁，公今怀感咏歌之。

千余骑拥频来赏，四十年间尚去思。

稚耋行谣方载路，主宾高会正乘时。

也知此乐同民乐，况有前贤台沼诗。

又

去年春色染波澜，画舸朝游暮可还。

今岁屡闻临曲水，隔江惟是仰高山。

翻思贤守经营处，尽属诗翁笑语间。

公勿留连当呕召，德音行被对天颜。

有怀前人

却忆东舟去若仙，津亭分袂忽经年。

春风境上无多地，夜月湖中共一天。

海阁坐观涛拥鹭①，山堂吟听漏移莲。

新诗往复交情见，巨集成来已百篇。

次韵前人见寄

阻奉交朋宴赏欢，杏林春发圣师坛。

诗筒把玩初藏袖，铃阁吟哦为整冠。

不啻梦昏惊玉磬，正如沉痼得金丹。

夜来月下闻韶濩，并奏清音彻广寒。

寄酬前人

落笔词华矜白雪，棹寻花卉认红云。

湖山对酌春将尽，风月高吟夜欲分。

思入神酬青玉案，梦游仙拥羽衣裙。

---

① "阁"，原本作"阔"，据宋刻本及《文渊阁四库全书》本改。

近来章句声名远，僻似鸡林也得闻。

寄酬前人上巳日鉴湖即事三首

禊饮已经佳节后，画船犹泛若耶滨。

未还魏阙陪仙使，且向稽山作主人。

赓唱我知长引玉，恳归谁道苦思亲。_{古诗。}

鉴湖也似西湖好，两处风光一样春。

又

湖上初经上巳春，水边遥见碧芜新。

轻舟竞泛无涯乐，夹岸希逢不醉人。

厨酝旋斟浮蚁酽，府茶深点卧龙珍。

诗筒往复余知幸，垂老亲仁得善邻。

又

蓬莱高与卧龙俱，位望兼隆似合符。

弦管夜声传井邑，楼台春影蘸江湖。

休功即报期年政，直节曾行万里胡。

真是玉皇香案吏，坐看归去赞萝图。

次韵前人蓬莱阁即事

蓬莱窗外晓光分，梦觉初惊杜宇魂。

但有吏供衙府喏，断无人到讼庭喧。

蒙蒙宿霭开湖面，隐隐更潮过海门。

一水两州皆重镇，越清杭剧不同论。

闻致政赵少师概入境寄献

我公优暇若神仙，八十高龄众所贤。
政府昔同俄一纪，留封今别又三年。
及时和气来吴国，度曲熏风入舜弦。
昨日清台应密奏，老人星照浙西天。

上天竺寺石岩花

对植齐开古梵宫，欲求精笔画难工。
直将春占三旬盛，谁谓花无十日红。
未羡山桃资客笑，且陪庭柏作家风。
遍寻他处都无此，宝殿前头只两丛。

次韵程给事寄献赵少师

暮春船舣浙西州，且喜樽前两白头。
蓬阁屡传宾榻解，涛江深阻故人游。
凝眸燕集逾天远，屈指光阴若箭流。
赖有诗筒并驿使，往还金玉共赓酬。

次韵赵少师寄程给事二首

轻舟来蜀暮春时，便向钱塘咏式微。
临海阻陪三岛会，隔江遥认五云飞。
杀鸡炊黍初乘兴，怨鹤惊猿却念归。
一水盈盈天一色，夜来千里共蝉辉。

又

襟怀冲旷忆江湖，老我全吴契不疏。

北阙乍违尧日远，南风新入舜弦初。

纻溪鉴水吟无厌，箭笋枪茶味有余。

越绝主人招意重，卧龙山好驾安车。

少师自南都见访为诗以谢

中怀和气只如春，对酒赓歌莫厌频。

半载昔同参国论，十年今长类天伦。

不辞命驾逾千里，应念同心有二人。

珍重宗盟恩意厚，岁寒终始见松筠。

留前人度夏方回南都

宫师弥寿降尊时，顿觉光华满郡扉。

况属炎晖初可畏，未逢秋爽莫言归。

山堂酒嫩浮红蚁，石缝茶新碾翠旗。

有美望湖风四面，尚留挥汗雨沾衣。时公在舟中。

次韵前人题六和寺壁

上方楼殿已幽深，更向诸峰胜处寻。

金摆池鱼惊俗眼，琴调山溜写清音。

红芝九本初无种，翠柏千株自有心。

众羡宫师康且寿，始知功德积来阴。

陪前人游西湖兼简坐客

丝管喧喧拥画船，澄澜上下照红莲。

一樽各尽十分酒，四老共成三百年。

北阙音书休忆念，西湖风物且留连。

杭民夹道焚香看，白发朱颜长寿仙。

再用前韵

共泛湖光范蠡船，持杯欢客倒金莲。

此时朋契偕行乐，何日君恩许引年。

照水暗知华发改，倚楼高与紫云连。

安车盛暑盘桓好，况是人间一散仙。

武林言怀寄程给事

岁丰公暇两安舒，吴越诗筒不使疏。

世契琼瑶风谊厚，秋光怀袖气凉初。

二千石重闲无计，七十年过退有余。

得旨便归田陇去，乡人从笑老农如。

次韵前人怀西湖之游

昔时唐殿预英雄，今独湖山幸会逢。

谪宦青钱曾万选，谓林希。承恩白首是三公。谓赵概。

龙山我念经年别，虎榜君曾昔日同。

老守七章还印绶，俞音朝暮出宸衷。

次韵前人见寄二首

羡公铃阁绝纤尘，顾我何尝德被人。

讼牍自怜无日暇，诗筒翻喜入秋新。

白头未许还官政，紫诏频烦慰老臣。

一去蓬莱已逾岁，梦魂长到十洲春。

又

立贤中外圣情均，青琐闱中辍迩臣。

越水澄清无俗虑，秋风萧瑟助吟神。

分符共治俄经岁，屈指同年尚几人。

退鼓近来衰气觉，敢将诗酒敌东邻。

寄新筠守毛维瞻大夫

倚庐聊见复睽乖，忆遗诗筒字字佳。

为乏琼瑶酬雅意，故凭笔牍写离怀。

程赊越北层云断，路入江南迭巘排。

我望贻书何以报，要将风谊属吾侪。

次韵许遵少卿见寄

头上有霜添白发，囊中无药驻朱颜。

堪惊积岁加衰老，未省何时得退闲。

渊净思临浮石渚，喧哗羞对武林山。

君恩早赐俞音下，即拥莬裘故里还。

答前人喜杭越二守赓唱

吴越江分两郡斋，涛音朝夕听风雷。

且陪故友闲赓唱，未遂先庐归去来。

时节丰登饶鼓吹，湖山清旷见楼台。

中秋明月期公共，万里烟氛彻晓开。

喜吴评少卿致政

春秋七十更逾期，同甲同年世所稀。

未遂乞骸嗟我老，已输先手羡公归 ①。

良朋集有湖山乐，故里思无羽翼飞。

预想俞音还印日，鹭涛秋色上行衣。

次谢许少卿寄卧龙山茶

越芽远寄入都时，酬倡珍夸互见诗。

紫玉丛中观雨脚，翠峰顶上摘云旗。

啜多思爽都忘寐，吟苦更长了不知。

想到明年公进用，卧龙春色自迟迟。

次韵程给事郡斋即事

望中吴越不为赊，止隔涛江便一涯。

台沼赐湖非俗地，蓬瀛标阁属仙家。

---

① "先"原本作"老"，据宋刻本改。

僧居壁古多留句，吏事庭虚只放衙。
胜绝东方无复道，当年元相有诗夸。

次韵前人郡斋秋暑

老为乡郡止偷安，自愧仙踪未易攀。
八面松阴笼古寺，三秋桂子下灵山。
良朋寄意诗篇里，高会追陪梦寐间。
却忆会稽清旷处，樵风朝暮若邪湾。

观宝林院塔偶成

宝山新塔冠山形，心匠经营不日成。
突兀插天三百尺，庄严容佛一千名。
下临泉窦灵鳗蛰，上拂云端过雁惊。
入境行人十余里，指浮图认越王城。

次韵毛维瞻度支过杭见赠

吴民疲病渐攻治，寻胜西湖不放稀。
秋后涛江添气势，夜深灯市斗光辉。
望云翻忆青山旧，上印须添白发归。
孝弟里间松竹茂，柴扉谁复羡朱扉。

送姚源道郎中赴阙

我念同僚遽解携，赠言如古谩成诗。

二年别乘临岐日，八月登槎上汉时。

莫阻十分斟酿蚁，不须三叹听歌骊。

还朝宠数应非次，神圣方今大有为。

寄致政范镇郎中

分携常忆禁门东，四见光阴换岁筒。

白玉堂中辞内相，青城山里访仙翁。

当时大本从忠谏，此日长年益道风。

应惜西湖犹未到，近来同赏有三公。谓赵少师。

杭州鹿鸣宴示诸秀才

秋闱贤诏出严宸，郡国详延在得人。

豹变文章重君子，鹿鸣歌咏集佳宾。

初闻素履称乡闾，终起英名动缙绅。

预想帝庭俱唱第，宠光荣宴杏园春。

游元积之龙图江湖堂

高堂游赏兴无厌，况是江湖两得兼。

白傅阁危犹下视，子胥涛远更前瞻。

盘桓鼓吹风光盛，掩映烟波气象添。

太守老来难久恋，柯山朝暮欲归潜。

次韵程给事登蓬莱阁偶成

蓬阁下临千嶂起，戟扉前对五云开。

夸诗旧属元之宅，叶气今同老氏台。

月满夜疑仙子降，风恬春喜故人来。

近缘冗剧怀清旷，梦里东游到几回。

次前人游鉴湖

湖治谁能继后尘，马侯祠阁至今存。_{昔太守马臻开鉴湖。}

穷源上达仙翁井，引派旁通吏部园。

红旆遍游偿素志，画桡归去近黄昏。

别怀屈指期将半，况属乡州役梦魂。

次前人越州鹿鸣宴

郡国秋闱吁俊辰，行修经治以名闻。

芳筵缥缈开三岛，大乐喧哗彻五云。

高桂折香期月窟，祥星垂彩应天文。

集英唱第麻衣脱，得志无忘贤使君。

次前人赠奉使高丽安焘密学

为嘉航海北徂南^①，双节勤劳帝命衔。

日下亟驰传诏使，江边遥讶过洋帆。

---

① "北"字原作"比"，据宋刻本改（亦是递修本）。

才谋锐若金曾砺，德操刚同玉更镵。
机务须贤应并用，诗人莫惜咏岩岩。

次前人游梅山寺

上方金碧冠诸峰，知是蓬莱第几宫。
画舫去寻湖面阔，危亭登望海门通。
梅仙旧说为真隐，佛子新传倡祖风。
我忆前春曾遍览，至今来往梦魂中。

郡斋成寄前人

退公真静独披襟，尚愧前贤探道深。
零落交游难屈指，崇高轩冕不关心。
未还印绶饶乡梦，犹倚湖山助老吟。
讼鉎虚空人事简，钱塘安得似山阴。

屡乞致政诏答未允述怀

自愧孤忠荷圣慈，恩荣恳向九天辞。
于今蒲柳衰残日，好是云烟放旷时。
玉阙累章烦赐诏，瀫江两桨蹉归期。
宵征自有高人笑，漏尽钟鸣晓未知。

同毛维瞻度支游烟霞洞

洞有烟霞寺挂牌，武林奇处称吟怀。

出城旌骑非虚往，同里交朋喜得偕。

鹢首西征随浪远，雁行南过入云排。

恩隆魏阙朝天日，寒晚鸣珂上禁街。

武林阅兵

吴天霜晓弄寒晖，金鼓喧阗大阅时。

帐下万兵听号令，军中诸将肃威仪。

采侯命中连三箭，花阵分排卓五旗。

愧乏韬钤当重寄，儒生初是学书诗。

次韵程给事同孙觉学士杨宪景略游天衣寺

元是玉皇香案人，等闲吟笑即成文。

松廊驻节排千骑，山径寻真步五云。

谏院高风矜共赏，宪台清论喜同闻。

三贤一会诚难有，归暮休辞酒十分。

游戒珠寺悼右军故宅

因山盛启浮屠舍，遗像仍留内史祠。

笔冢近应为塔冢，墨池今已作莲池。

书楼观在人随远，兰渚亭存世几移。

数纸黄庭谁不重，退之犹笑博鹅诗。

次赵少师叙感叹老

禀灵南极老人星，贵得三公论道名。
被旨入陪郊祀礼，放怀来听海潮声。
朋从自古悠长少，势利令人鄙吝生。
公独久要中外伏，直将金玉比纯诚。

题孤山寺湖上阁

孤峰诸寺耸云楼，寺脚周环枕碧流。
和靖久居勤赋咏，乐天临别叹勾留。
拿舟直度闲千骑，佩印重来仅十秋。
预约前春挂冠去，湖山阁好换休休。司空图作休休亭云。

次程给事题法云寺方丈

府公清眼照孤心，结构仍夸壶奥深。
师悟赵州庭柏境，我知青岭震雷音。
粟粘便是三千界，草用曾为丈六金。
一滴曹源谁可测，海门腾起浪千寻。

寄酬蔡仲偃都官

守蜀思无羽翼飞，所思东向瀫江湄。
山林适意君先手，轩冕辞荣我后时。
道阻八千通远信，年迎七十是归期。
故人恩意如金玉，新得邮中数首诗。

赠别周元忠秀才

吾里推高节行孤，诸生师帐是规模。

穷经不治五亩宅，教子已为千里驹。

暂出林泉飞两桨，且陪风月赏西湖。

了知富贵傥来物，谁向浮云问有无。

次韵张侨庆毛维瞻得谢

里人迎候巷居稀，未老先休世所奇。

两颊朱颜公退速^①，公年方六十八。满头霜鬓我归迟。余年已

七十一。

优游岂顾千钟禄，收拾如终一局棋。

饮食节调资寿祉，愿同山下有雷颐。

武林冬至日即事

况是东吴大有年，晨兴佳气满平川。

鲁台纪瑞光诸史，汉殿称觞庆九天。

銮辂肃还禋礼毕，鸡竿高揭赦书传。

勾萌竞达人知否，占得群阳一日先。

次韵张著作过李虞部旧居

美璞藏山宝在沙，急贤飞诏落幽遐。

120　　① "速"字原本作"远"，据宋刻本改。

直庐去讲先儒业，蹰径空存旧隐家。
魏阙当时蒙雨露，衡门今日锁云霞。
鸣珂一顾踟蹰过，山掩寒林夕照斜。

赠讲僧遇清

松桧成阴夹径寒，喧卑无路得相关。
因嗟势利方为市，故掩庵扉独占山。
薄俗性随红叶变，上人心与白云闲。
殷勤约我休官后，深筑邻斋数往还。

次韵毛维瞻白云庄三咏

掬泉轩

好山深处静开轩，目送孤云手弄泉。
枕石堂无金玉富，濯缨家有子孙贤。
初寻旧隐逢三伏，已发新吟仅百篇。
闻说夜分烦暑散，凉飙浑似素秋天。

平溪堂

亭号休休古退藏，岂如溪上构虚堂。
坐邀城市真潇洒，却谓江湖太渺茫。
下笔新题无俗事，揩箪野服是家常。
临流最有清风快，未见故人心已凉。

眺望台

治圃我依浮石滩，筑台君占白云山。
三秋一日登临外，千里同风咫尺间。
峰黛阴晴长黯黯，溜琴朝夕自潺潺。

121

休官谁道何曾见，林下如今两处闲。

信笔示诸弟侄子孙

进欲安舒退欲恬，要将高行与文兼。

吾门自昔传清白，圣世于今重孝廉。

孔氏性情归利正，仲舒仁义事摩渐。

人生试看无闻者，徒尔区区岁月添。

寄程汝玉秀才

乡闾推服孝廉名，谢绝辞闱乐太平。

黄卷不忘穷古圣，白头无倦诲诸生。

安车未召人为晚，束帛重来世所荣。

况有知音贤太守，恳章三度荐遗英。

次韵梁浃瑞芝

圣旦求贤野不遗，如公诸子定逢时。

默期苑里留丹桂，喜向门前获紫芝。

香已与兰盈一室，饵当同术有三枝。

昔年书牖曾呈瑞，报为登科众所知。予明道中寓余庆院结课，
芝草生书牖上，因题。有"灵芝如可采，仙桂不难攀"之句，明年春，果叨科第，故云。

十八男𬯎自温倅迎于雁荡温守石牧之以诗见寄次韵

自谙趋拜力惟艰，柯岭归休远帝寰。

抱瓮不能师老圃，驱车犹足访名山。

鱼书入手殷勤后，雁字排空杳霭间。

多荷主人期我意，谢公遗迹愿跻攀。

次韵台州姚舜谐见赠二首

解印全吴二载余，近来人楷事何如。

寻真遍赏台山后，假道行观雁岭初。

把酒幸陪登帢帻，巾子山别名。泛舟忻得缓徒车。

别来早获鱼中素，两首新诗一纸书。

又

过婺游台又倦勤，路旁驰看两州民。

也知胜处青山旧，自恨来迟白发新。

暂憩瀛宫求道侣，载瞻方广想仁邻。

贰车章句犹怜我，为是云泉无事人。

游雁荡将抵温州寄太守石牧之

霜风双鬓雪鬖鬖，物外寻真顿离凡。

子舍若非叨别乘，我车安得到灵岩。

碧窥秋瀑心同洗，红嚼山杷口似馋。

多谢贤侯见招意，数贻嘉咏与珍函。

自温将还衢郡题谢公楼

雁荡周游遂此过，永嘉人物竟如何。

三贤籍籍风流守，孙兴公、谢康乐、颜延之皆古之贤守也。一宿匆匆证道歌。予登无相禅师阁，亦尝撰赞留于塔下。

城脚千家具舟楫，郡里外通江海，民间悉置船舫，尤便出入。江心双塔压涛波。

因留子舍欣逾月，归去吾知所得多。

将还三衢呈温守石郎中

寻山初为子来迎，乘兴随潮入郡城。

心赏皆如逸老愿，礼隆仍尽主翁情。

彩舟箫鼓双双闹，金地楼台处处明。

风物虽嘉难久恋，安车朝夕且西行。

送郑琰大夫赴建昌军

三拥朱轮志少酬，忠怀曾不为身谋。

桐江郡政居优课，柯岭乡评占上游。

里彦昔陪公共荐，帝俞今幸我先休。

分携莫惮炎威盛，到日清风一变秋。

次毛维瞻溪庵

退访云山远世尘，结庵台上古溪滨。

围棋每放争先手，隐几能安自在身。

鸥鹭后前如旧物，龟鱼游泳不疑人。

曲肱饮水真贤乐，何用渊明漉酒巾。

又白云庵偶题

红尘无迹到山家，留待诗人大笔夸。

坐石与僧谈翠竹，开樽邀客醉榴花。

鸥随钓叟孤舟远，牛载村童一笛斜。

占尽人间潇洒地，清风明月有谁遮。

湖北运使学士十二弟扬生日

原上分飞羡鹡鸰，今遥荆渚昔离青。

诞辰一纪阻良会，庆席百杯新永龄。

对局每思樵客斧，爇香长奉老人星。

辛勤五福康宁术，见说时看内景经。

送穆舜宾承议致政还乡

清修平日得无惭，学道勤行肯妄谈。

轩冕喧哗公始悟，林泉潇洒我先谙。

曾怜避弋云中雁，每念缠丝茧里蚕。

画舫西归时节好，春山如黛水如蓝。

送十七侄嶙承事赴任贵溪

百里嚣繁不易为，乘时今去是镃基。

直令尔邑成良俗，况自吾家有吏师。

却扇凉飙惊热夺，下车和气觉春熙。

彩衣迎养双亲志，此乐人间更有谁。

任浩朝散赴鄱阳景德镇

十年留滞尚为郎，乐道无愁解到肠。
去路溪山排古嶂，满囊金玉贮新章。
休论富贵可求事，况得神仙不死方。
官罢钱塘好归矣，濯缨清自有沧浪。

送范伯玉奉议赴阙

富贵于身有重轻，平生忠鲠世知名。
不须勇事归田计，况有常推报国诚。
通籍官联分帝念，庆门恩赏作亲荣。
一帆西上瞻天去，九月霜风壮客程。

题毛维瞻懒归阁

溪流回合逗方池，轩槛前临面翠微。
紫陌红尘行不顾，白云青嶂坐忘归。
方荣即隐谁能继，未老先休世所稀。
我昔凌晨登阁会①，主翁留散见蟾辉。

生日高斋晓起示诸弟妹子孙

荣途四纪历艰难，宦政天恩许赐还。
晓起焚香清一室，夜来飞雪满群山。

---

126 ① "凌"字原本作"陵"，据宋刻本改。

诗筒远到披邮置，寿斝交行醉席间。

弟妹五人三百岁，喜吾霜鬓尚朱颜。

题濯缨亭

静处高斋昼杜门，溪亭来往间开樽。

钓台逸老心非傲，浮石仙人迹尚存。

对岸烟林双佛寺，隔滩风笛一渔村。

濯缨岂独酬吾志，清有沧浪示子孙。

题叶坂梁氏南斋

我爱黉堂用意精，义方垂训为趋庭。

学攻白玉期成器，教积黄金不似经。

满架简编终岁乐，拥门松竹四时青。

诸生有遂登荣者，一月光能掩众星。

会燕溪亭示同席

新构园亭好客过，尘缘都不问如何。

爱吟潇洒封侯句，耻咏沧浪濯足歌。

莫笑杯盘常藉草，且观舟楫半随波。

子知此乐无涯否，尽是天恩与幸多。

哭康守赵师旦

五月炎方祲气浮，贼锋残忍入康州。

肯抛孤垒偷生去，誓御群蛮竟死休。

没世不名贤者耻，长年为辱古人羞。

嗟嗟潜叔今何恨，愤血忠魂劲草秋。

寄处州太守徐大夫

潜山西畔紫溪边，林下相逢岂偶然。

抚掌急于云里电，回头还似火中莲。

黄花翠竹年年色，明月清风夜夜天。

谁谓故人相去远，好溪长与慎江连。

题真岩寺

一炷清香一解颜，几生修得到林间。

朝无事也夕无事，坐看山兮行看山。

梅玉破香供宴坐，松风奏曲度禅关。

静思四海五湖客，虽有黄金无此闲。

赵清献公文集卷第五

七言排律二首

次韵杨鸿渐察判见赠

县令于时袭汉唐，震雷为治制封疆。

得人固可恩千室，无状须忧病一方。

愚品昔蒙登仕籍，薄材今幸预朝纲。

但欣孤迹辞丘壑，岂有深谋赞庙堂。

万里山川来陇蜀，十分风物类江乡。

存心抚俗图归正，顾已临民敢不庄。

莲幕似君诚慷慨，兰言遗我极芬芳。

自嗟寸善无裨补，更辱长篇盛播扬。

投李莫嫌迟报赠，解琴终拟效更张。

若孤朋照宜身愧，冠弁峨峨佩玉苍。

次韵前人见赠

惟公治迹峤之南，增秩颁金出帝金。

蛮獠望风安畛域，城闉兴筑赖韬钤。

恩行稚耋增和乐，令下奸豪尽伏潜。

抚俗上宽当宁念，扬风深副远民瞻。

潮阳鳄去因诚祷，合浦珠还表性廉。

五岭盛传威德著，九天俄下诏书严。

紫宸入觐输忠谠，青琐归来发滞淹。

謇謇去为中国使，皇皇宁许外夷觇。

河冰日度疑铺玉，朔雪时逢类撒盐。

持节塞垣先正席，过涂溪馆尽穷阎。

光华不辱熙朝命，诽讪因知黜虏恬。

去路冬迎风若箭，还朝春早月如镰。

论勋已出庭臣右，得礼应须史笔添。

赐对预陈官政致，称褒亲被德音恬。

天人密语依旒冕，风日微和满扇帘。

得请乡州心且适，暂违黼座义无嫌。

都门客竞千钟饯，禁掖诗仍二府兼。

巨舰解维桃浪紧，高楼夹岸柳丝纤。

经途驻节频开斾，密宴喷香似展奁。

会友樽罍醅泼蚁，渡淮诗什砚磨蟾。

居常志气惟中立，虽久淹徊肯附炎。

夜泊每窥渔父火，晓行遥认酒家帘。

吴江橘柚津偏美，茂苑鲈莼味正甜。

上冢朋从空里巷，过家车马拥门檐。

邻邦饷劳迎旌棨，乐榭歌欢散彩缣。

渡越一潮催迭鼓，去杭千骑拥行襜。

抑强抚弱恩先被，宣化承流泽下沾。

鉴水渔樵随业乐，秦山草木尽仁渐。

想经岁月须膺召，纵有蓍龟不在占。

屡寄诗筒追故事，亲挥墨宝见劳谦。

冰清气谊同初淡，胶固情怀未比粘。

何日西归容迓礼，莫辞吟醉夜厌厌。

七言绝句二百八十四首

题马伏波庙二首

壮敌无前老未休，赏功销得到封侯。

印归新息不还葬，似与诸蛮一报仇。

又

平生忠勇建殊勋，薏苡疑珠竟不分。

光武明如辩谗者，肯教千古负将军。

和沈太博见贻①

待得清明已半春，幕中何许可娱宾。

堵观不是穿杨手，珍重贤侯诲尔频。习射得诗。

和沈太博会春晚归

未醉樽前未可归，青春九十日芳菲。

---

① "和"字原本作"贺"，据宋本改。

名园一夜狂风雨，苔上残花点绿衣。

何推官见招游岳麓以郡中事冗弗克偕行口占二绝以谢

送客江亭一望间，隔江奇胜有千山。
江头未必无舟子，自是名缰不暂闲。

又

麓苑崟岑对橘洲，山如屏嶂水清流。
谁能向此孤寻胜，按牍装怀不自由。

和沈太博小圃偶作二首

名园雨后百花繁，人倚危楼十二干。
园里芳菲楼上客，一般情绪怕春寒。

又

日烘薄雾开柔陌，风冒游丝着柳条。
语燕啼莺自撩乱，惊人残梦是春朝。

不与祠岳再呈通判沈侯

蔡侯不是不寻仙，俗骨由来欠玉鞭。
待得麻姑重前约，只应瀛海已桑田。

次韵见和

古祠灵镇会真仙，一夕春霖激电鞭。
待得归航已新暑，小荷江上绿田田。

代寄刘信臣

无寥情绪满眉头，去后方知有别愁。
翠幌雕鞍杳何所，相望重上夕阳楼。

和前人见寄

此去山重水复重，登临无复叹途穷。
应将往事闲追忆，疑是邯郸梦枕中。

下马邮亭夕照天，独凭离绪问蓍圆。
故人此去无多地，何事销魂重黯然。

和何节推重九

喜陪佳客上高台，醉策骅骝薄暮回。
黄菊满头堪自笑，朱颜何必为人开。

寄里中亲友

上尽危梯望社榆，乱山千迭隔吾庐。
四方尽是男儿志，敢叹离群与索居。

雨中见花戏呈伯庸秋曹

脸红消尽泪阑干，似向人前欲诉难。
若是东君与为主，肯教风雨尽摧残。

和勉三兄

求贤在昔常推毂，访道当年亦顾庐。

圣旦光华今吁俊，长卿无苦叹贫居。

题隐者邵醇郊居

驱车乘兴谒先生，十里秋光照眼明。

净室寒窗无长物，道书狼藉古琴横。

赠濮阳高蒙处士

事了还家不记年，三茅俦侣尽真仙。

恰如少华希夷子，十度花残一觉眠。先祖太傅赠陈抟之句。

再得成都过华阴

孤臣何以报君恩，愿泽坤维轸虑分。

却笑乖崖懒重去，有诗羞见华山云。乖崖云："回头羞见华山云。"

熙宁壬子至节夕宿两当驿

里数二千七百余，两当冬夜宿中途。

举朝五往东西蜀，还有区区似我无。

过青泥岭

老杜休夸蜀道难，我闻天险不同山。
青泥岭上青云路，二十年来七往还。

谢天彭净慧大师见访

庵岩归隐绝纤埃，内外中间安在哉。
正似无心云一片，等闲随雨出山来。

禅僧重元自青过齐因寄

教被山东十稔余，人人师为指迷途。
仰天峭绝灵岩峻，万里闲云一点无。

次韵陈经侍御史禁中牡丹

灵根得地占雕栏，禁苑春深奈晓寒。
烟叶绿舒成翠幄，露葩红笒似朱冠。

过公安子美尝有发刘郎浦离公安渡诗

刘郎浦上公安渡，我过高吟老杜诗。
烟浪几重江几曲，算应风物似当时。

将到荆南先寄胡判官

出京曾说会江陵，期在初春恐未能。
君骑骎骎我帆便，果来同看上元灯。

酬寺僧文昶曾进诗，赐紫衣

师昔将名动冕旒，恩光归去照西州。
如今白首诗随老，字字清风敌素秋。

和曾交见报代者

惯见河阳县里花，何时归种邵平瓜。
江东正是鲈鱼美，昨夜西风梦到家。

招刘绛主簿游山

青城峰顶更楼台，世界随高俗意开。
今夜云归有明月，按琴倾酒待公来。

题张俞壁

诏书三度落坤维，为白云溪独掩扉。
我愧俗疏来访道，不逢斜日又空归。

自殿院得请知睦州同范御史挽舟过颍寓言

颍波清阔接淮沂，人似游山棹似飞。
酒熟鲈肥何以乐，与公同是故乡归。

得请天闱出拥麾，旧山东望已心飞。
君恩欲使乡人宠，犹许峨冠獬豸归。

初见遥山横水湄，旧乡依约白云飞。
还同户部诗中道，终日思归此日归。

题范御史舟中偶书

遭时致主期尧舜，力道终身致孔颜。
出处两途公试看，几时能放此心闲。

和美毗陵鲋鳖之美

江南鲋鳖客夸肥，公到常州鲙熟时。
见说桐江鱼亦好，昔贤多作钓台诗。

和偶书

古人胸臆贱才多，醒自冥搜醉自哦。
今日淮山且诗酒，不劳贤否问谁何。

137

和宿峡石寺下

淮岸浮图半倚天，山僧应已离尘缘。

松开暮锁无人迹，惟放钟声入画船。

次韵看山

到烂柯山即武夷，并舟于此袂将离。

公来一意苏疲俗，借问闽州知不知。

和范御史见鸬鹚与鹭鸶为群因感黑得鱼多

二鸟一生汀渚上，已堪图画复赓歌。

莫将黑白欺人眼，所得旁观不较多。

新到睦州五韵

观风阁

一凭栏望意无穷，民屋连云迭叠中。

微术可令民不疚，有惭兹阁号观风。

赏春亭

滂葩浩艳满亭隈，当席芳樽醉看来。

始信春恩不私物，乱山穷处亦花开。

高峰塔

上石披松十步劳，下窥人物见秋毫。

嗟谁更向孤峰顶，树塔孤撑碧落高。

玉泉亭

潺潺朝暮入神清，落涧通池绕郡厅。

乱石长松山十里，讨源须上玉泉亭。

乌龙山

泉石淙淙泻百寻，群峰环翠起春林。

危巅召雨云先作，不失苍生望岁心。

新定言怀

吾家于衢守于睦，治余何以乐且闲。

仙棋一局钓一壑，烂柯山下严陵滩。

和范都官行后九日奉寄

湖平风稳送归航，望隔严滩七里长。

更上高峰尽高处，黄花新酒醉重阳。

喜十二弟登第

景祐初余唱第归，入门逢尔正儿嬉。

如何二十二年后，继得蟾宫桂一枝。

新定筵上

衣紫金鱼耀服章，桐庐太守捧壶觞。

邦人闻道南来贵，观者浑如入射场。

次韵叶纾太博惠砚二首

遗我佳篇字字珍，更兼山骨琢磨新。
古贤最重琼瑶意，持报曾同砚席人。

又

多谢君诗重见珍，砚从黟水濯来新。
持当夏昼南窗看，玉发光辉冷照人。

次韵范师道龙图三首

舍车弭盖争寻胜，坐石携泉旋煮茶。
可惜湖山天下好，十分风景属僧家。

又

八月湖平绝越通，桐江烟水乱山中。
客舟安稳尤为幸，百尺蒲帆一信风。

又

钓叟高风冠古来，思贤令我意徘徊。
当年高隐恬无事，应似春登老氏台。

次韵得便风

福守之官大道通，乘舟朝发怒涛中。
高帆得势雕开翼，飞起沧溟万里风。

过严陵呈前人

使棹穿溪弥屈曲，溪鸥随棹更徘徊。

地经严隐翻高尚，应转心轻在柏台。

谢梁准处士惠琴

高怀宜与正声通，妙绝孙枝三尺桐。
开匣为公鸣一弄，熏风中有故人风。

送讲僧怀俨徙居天柱

卓锡江头十载余，师心纯静到真如。
更嫌城郭人来近，移入白云深处居。

同信守赵诚司封会灵山亭

寺亭高绝面灵山，迤逦群峰不可攀。
登赏谁知贤者乐，狱扉空冷讼筒闲。

登龟峰群峰亭

桃花台下系轻舠，直上峥嵘不惮劳。
历示群峰三十二，一峰还压一峰高。

过鄱阳湖先寄洪守唐介待制

上冢家留荣且哀，赣民应怪苦徘徊。
鄱阳湖共天同阔，不惜乘风破浪来。

又

内阁朝廷号正臣，揭来江外拥朱轮。

危樯西喜洪都近，谏省当时旧主人。

谢周源职方惠诗

岭上寒梅冒腊开，故人千里意徘徊。

佳篇赠我惭无报，明月珠投暗里来。

言　怀

前日桐江今赣川，谏官得郡愧非贤。

东吴乡便君恩厚，理棹重来始四年。

答赣县钱颛著作移花

令尹怜花意思勤，海棠多种郡园新。

自从两蜀年年见，今日栏边似故人。

次韵郁李花

花县逢春对晓晖，朱朱白白缀繁枝。

梅先菊后何须较，好似人生各有时。

题中隐堂二首

动迹无凝静性通，小松疏竹一堂风。

凭山倚市何须问，不隐形骸只隐中。

又

植杖焚香贝叶经，主人无事掩松扃。
兀然隐几秋宵静，云在诸峰月在庭。

廉泉二首

岁旱江潢万井污，此泉深净肯清渝。
伯夷死后泉流在，能使贪人一饮无。

又

庾岭中分泉两派，美名人爱恶声嫌。
谁云酌后能移性，南有贪兮北有廉。

次韵周国博不赴重九饮会见寄二首

嫩菊浮香酒泼醅，命俦欢饮郁孤台。
如何兴会翻为恨，为欠车公一到来。

又

九日年丰狱讼稀，望君同醉乐无涯。
樽前慰我区区意，只得登高一首诗。

舟过何若谷郊居

峡口寒流如箭急，滩头轻棹若云奔。
玉峰楼锁人归去，回首斜阳一黯魂。

送张闻职方归江原

未登七十早还乡，终日高吟酒满觞。
访我飘然又归去，万松庄里引年堂。

乙巳岁渡关

谁云蜀道上天难，险栈排云彻万山。
我愧于时无所补，十年三出剑门关。

次韵六弟抗黄花驿楼作

税鞅凭栏眼更醒，须求国手上丹青。
楼前云水无穷好，楼下尘喧不复听。

和六弟飞石

磷磷崖石有时飞，吉士何尝中祸机。
刺史击强宜默助，害盈谁谓鬼神非。

和六弟过飞仙岭

云岭观游讵肯劳，飞仙岭过稳翔翱。
道风仙骨朝真去，未必不缘功行高。

题清风阁

锦川城里玉溪横，溪上浮图画阁明。

我念官拘登未暇，有风终日为谁清。

谢蜀倅卢夏郎中惠诗

三十三年同榜中，始来全蜀见诗翁。

文高格老人知否，为见元和远祖风。

送刘昭寺丞游河南

云水无心是处同，洛阳花发正春风。

路逢达道人休问，熊耳山开少室空。

寄成都甘露舒大师①

惟人固有东西迹，于道岂分南北途。

来往从师多饮德②，只应甘露是醍醐。

闻雷可喜

雷奔电激夜溟溟，虎啸龙吟魄鬼惊③。

用即不勤功即进，圣胎涵养道芽生。

---

① "大"字原本作"太"，据宋刻本改。

② "饮"字原本作"敛"，据宋刻本改。

③ "啸"原本作"咲"，即"笑"字，据宋刻本改。

辛巳青州玩月有怀

中秋去岁中和宴，<small>中和，杭州堂名。</small>表海今宵北海罍。<small>表海，</small>

<small>青州亭名。</small>

天上无私是明月，隔淮千里照人来。

初赴杭州游风水洞

风月有声连水洞，听风观水暂闲身。
杭州未入从容甚，且与南山作主人。

登开化寺白贲亭

秋霁涛江气象宽，龙山亭耸凭云端。
老僧欲快吾心目，旋剪当轩竹数竿。

别杭州

政成五月愧前贤，又向东风解画船。
却羡乐天诗里道，皇恩曾许住三年。

次韵孔宗翰提刑范公泉

陆羽因循不此寻，从知泉品未为深。
甘清汲取无穷已，好似希文昔日心。

龙昌寺西轩

樽酒西轩共倚栏，更无尘事见颜间。

留诗都士知公否，仁者从来不厌山。

题郡园亭馆

为爱东园四照亭，剪开繁木快人情。

新秋雨过闲云卷，十里南山两眼明。

寄酬齐州曾巩学士二首

太守文章耸缙绅，两湖风月助吟神。

讼庭无事铃斋乐，聊屈承明侍从人。

乐天当日咏东吴，一半勾留是此湖①。

历下莫将泉石恋，而今天子用真儒。

赠蔡山王处士

蔡山深处隐林泉，远离尘纷仅十年。

已得琴中平淡意，有弦终日似无弦。

---

① "留"原本作"当"，据宋刻本改。

赠诗僧

恋胜穷幽彼上人，平生潇洒乐天真。

松间竹下成何事，坐讽行吟老更新。

送张处士

下峡孤舟快似飞，西江归去一天涯。

乡人故眼知君否，功行如今无不为。

送雍子方学士

召节君趋禁掖中，请藩愚向浙江东。

清时内外俱为乐，鹤有乔松凤有桐。

寄题导江勾处士湖石轩

水精宫里石奇哉，万里从容入蜀来。

都与先生助吟赏，惹烟笼月一窗开。

张宪重阳中得大黄上芝草一本作金龟以负之为赋

锦文瑞正孕灵芝，药市中惟此物奇。

入手却容凡眼看，宝囊开处坐金龟。

和诗僧栖诘求诗

澄观未逢韩退之，当时佳句有谁知。

蟠龙僧胆大如斗，直以许求蜀守诗。

和荣学士长渍关所寄

竭来忠力岂忧危，人似登仙马似飞。

却是玉溪梅正发，未曾攀折候公归。

谢张遨先生惠诗

怀想仙风甚渴饥，岷山潜德世谁知。

愚今幸有真消息，先得曹溪五首诗。

赠前人酒

器洁泉香忻得醉，殷勤分与洞中人。

知君一饮无穷乐，和气三田长似春。

题御爱山

岷峨西列华排东，余纵峥嵘敢竞雄。

不是当时经御爱，此山还与众山同。

次韵文学士寄仲南长老四句

休官休问几人曾，归约林泉有衲僧。
况是本来安乐地，曹溪何用见南能。

寄梓州才元舍人

锦城匝地清风起，为得梓州书一纸。
莫问分符隔两川，水月东西共千里。

题五丈原二寄木

古庭薜荔附长松，岁寒共有凌霜操。
诸峰冻合万木雕，看取门外长安道。

和记长老道颂

道妙无为无不为，从他是是与非非。
更须进步如平地，百尺竿头向上机。

渔父五首

一带寒波雪浪流，谢郎终日在孤舟。
沙鸥数只和烟落，笑倚兰桡独点头。

又

月印苍波入夜寒，寂寥灯火水天宽。
儿孙未解谙风色，几度船头失钓竿。

又

莫笑生涯一叶舟，江湖来往自悠悠。

丝头漫有潭中意，逐浪鱼儿不上钩。

又

卧看鰕鱼日几遭，蒹葭风起片帆高。

任公信是宜渔者 ①，只候垂钩钓巨鳌 ②。

又

轻波拍岸琉璃碧，落日衔山玳瑁红。

一曲渔歌人不会，芦花飞起渡头空。

行甫索颂卷

空生老病已忘言，何处如今有偈篇。

要会从来无一字，溪边杨柳密笼烟。

赠五岳观王道士二首

解蜀归吴十月行，出门无计别青城。

凭师为上希夷殿，稽首烧香道姓名。

又

上士修真心地乐，域自逍遥乡寂寞。

世间名利任纷纷，一弄清琴一炉药。

---

① "渔"原本作"宜"，宋刻本亦作"宜"，据文渊阁《四库全书》本改作"渔"。

② "钩钓"原本作"钓钩"，据宋刻本改。

宿房公湖偶成

广汉园池蜀自无，却如房相未如吾。
浙东归去君恩重，乞得蓬莱与鉴湖。

眉山麻衣至德观真仙亭

我愧无能使两川，鹤琴为伴仅三年。
清朝自是朝真客，何必登山更望仙。

正信表询长老

欲导群迷建法门，千言百句与谁论。
入泥入水劳心力，不负黄龙五代孙。

送程给事过越不及口占以寄

立马江头一黯销，晓光浮动十分潮。
西陵送目仙舟去，铙鼓旌麾迤逦遥。

杭州八咏

有美堂
城在东南诚第一，江湖只向坐中窥。
斯堂占胜名天下，况有仁皇御制诗。

中和堂
老来重守凤凰城，千里人心岂易平。

乐职古贤形颂叹，中和诗不为虚名。

清暑堂

江上潮音晓暮闻，天饶风月地无尘。

自怜清暑堂中景，容得衰翁未退身。

虚白堂

松萝潇洒似居山，宾退公余半是闲。

谁谓乐天虚白意，只传诗句落人间。

巽 亭

越山吴水似图屏，妙笔无缘画得成。

闲上东南亭上望，直疑身世似蓬瀛。

望海楼

潮神千里若云雷，日月如期早暮来。

景觅东楼天下少，帘帷长对海门开。

望湖楼

僧棹渔舠恣往还，澄波如鉴照群山。

绕湖三百浮图寺，只是凭楼一瞬间。

介 亭

介亭群石似飞来，深插云林两两排。

占得群峰最高地，翠姿何处有尘霾。

次韵程给事会稽八咏

鉴 湖

阁下平湖湖外山，阴晴气象日千般。

主人便是神仙侣，莫作寻常太守看。

望海亭

倚栏曾此望沧溟，延颈移时类鹤形。

别后几回关梦寐，终求精笔写丹青。

望秦楼

纵观沧海陟高峰，巡幸无名是祖龙。

留作后来真赏地，望秦楼阁一重重。

拂云亭

青云随步觉身高，燕雀卑飞不敢巢。

民屋万家都下瞰，栏干迢递出林梢。

邃 亭

小松幽石曲池清，欲退山翁构此亭。

补外想公非久次，坐看严诏下明庭。

妙乐庵

三年时得憩圆庵，有客禅机不在谈。

妙乐佳名人不会，府中无事昼潭潭。

禹 穴

洞天三十六非虚，今古称奇事可书。

深坎闭藏惟巨石，只应方士识龙居。

戒珠寺

乘暇登高百丈巍，羲之遗迹见丰碑。

戴山下视无穷景，况压山巅是佛祠。

次韵前人长至有怀二首

诗美皇皇使者风，礼修戎馆致雍容。

去年佳节辽东会，此日新阳湖上逢。

又

我昔间关出使胡，新春沙漠未昭苏。
海东青击天鹅落，鸭绿江边曾见无。

元日偶成

人生七十古云稀，加我新年复过期。
住在三衢山好处，望中还赋式微诗。

次韵程给事自述

稽山报政为和气，并入元丰第一春。
况有德音曾面被，定归霖雨泽斯民。

次韵前人怀阙下偶成三首

秘殿称觞上寿时，御香气馥晓风微。
天颜密迩孤臣幸，四十年前一布衣。

又

陛降三公捧寿觞，群臣蕃汉下成行。
天庭礼乐交修盛，委佩拖绅极巽床。

又

鹓鸾班列内珰催，晓色鸣梢天上来。
赐宴群臣醉归去，满身犹带御香回。

次韵前人谒禹庙三首

治水开陈遂刻碑，巨贤留意向当时。
主翁不作知音贺，妙绝如何见好辞。

又

鉴水为功利一州，至今称颂古诸侯。
渔樵早暮余波及，耋老思贤尚涕流。

又

春色湖光照锦衣，岸花汀草共芬菲。
若耶溪上游人乐，举棹狂歌半醉归。

寄酬张致政

安车高蹈十年余，顾我临川独羡鱼。
珍重蓝田良玉性，火中三日只如初。

次韵程给事寄赵少师三首

去日莲花红朵朵，来时荷叶绿田田。
临期更作西湖会，两两舟同李郭仙。

又

来属元丰第一年，农歌凿井自耕田。
惟公好事康宁福，更许杭民识寿仙。

又

安车论别十余年，睢水归思负郭田。
浩浩胸襟涵渤澥，飘飘风骨是神仙。

次韵前人和许少卿见怀三首

望秦双耸郡楼前，佳气葱葱杂翠烟。
太守风流诗力健，湖山无处不成篇。

又

故交德重镇轻浮，恨不来乘剡水舟。
远寄蓬莱主人句，字褒华衮若春秋。

又

我守全吴公越东，宪台千里寄清风。
何时共作同年会，烂饮狂歌三醉翁。

寄前人二首

小蓬莱对望秦山，有会无边不解颜。
太守新诗逾百首，迩来传诵满人间。

又

古祠曾记祷灵神，旱雨滂沱救越人。
大禹恩深无以报，我惟朝夕退藏身。

次韵前人题曹娥庙二首

天资孝友本生知，不愧周人七子诗。
绝妙好辞旌至性，丰碑千古奉坟祠。

又

哀哀江上救沈尸，墓木留形世所悲。
得旨春秋参祀典，孝诚今日再逢时。

题陶朱公庙二首

为国谋深身自谋，飘然归泛五湖舟。

虽云文种知几晚，未必忠魂为蠡羞。

又

不道夫差势独夫，因持越计败全吴。

陶朱智则诚为智，欲把忠臣比得无。

次韵程给事寄法云禅师重喜

法云尝负没弦琴，有曲古名清夜吟。

心指寂寥谁肯顾，遇公倾耳作知音。

书圆通院水阁

风送荷花香满栏，上人宴坐水云间。

时中静极光通达，岂特浮生半日闲。

次韵程给事书院浣纱石二首

倾国铅黄不假施，吴兵勍敌顿凌夷。

苎罗石在千余载，好事公今尚作诗。

又

吴宫金玉似泥沙，西子东来举国夸。

一日越兵声震地，夫差犹惑眼中花。

九日湖上登高寄前人二首

九日湖楼把酒卮，拒霜黄菊斗芳菲。

五逢吴越重阳节，白首柯山未许归。

又

舣棹湖亭又访山，寺楼登赏十三间。

更寻半隐先生迹，一拥朱轮未得还。叶职方号半隐先生，今守
广德，宅在湖上。

和前人书僧正院壁

为忧圆教祖风摧，雨坠天花夜讲开。

会得王公题壁意，入尘摩诘是如来。

宝林塔再成示诸僧

禅家自利利他人，宝塔焚如复鼎新。

扫地便高三百尺，只应澄观是前身。

书道士虞安仁房壁

日月精华有术飡，不烦辛苦礼星坛。

葛仙公井甘泉近，应炼长生九转丹。

书道士张昌应庵壁

绝离声尘二十春，飘然风骨鹤兼云。

159

庵中淡泊无余物，一颗仙丹酒百分。

禅僧重喜坚辞紫衣勉令承命

道场清净绝纤埃，云水中间丈室开。
莫把赐袍容易看，帝恩新自日边来。

六弟司户生日

祖教双修日用间，芳醪不饮自朱颜。
欲知难老真消息，曾饵融峰九转丹。

送杨监簿南归

数随乡荐始登科，清白门中所得多。
伯氏文章天下望，家风元是老维摩。

登安乐山塔

池有灵泉泉有龙，高僧深隐梵王宫。
云林百里如屏障，安乐山西一望中。

瑞莲花示禅僧

红莲携赠碧莲堂，一本双葩颇异常。
珍重承天胁尊者，闻风晨夕是清香。

送僧得赐经还永嘉

志愿未如终未回，十年京洛走风埃。

珍函宝藏五千轴，一日降从天上来。

送杭州道士钱自然

帅王归觐息兵铤，吴越蒙恩过百年。

世赏至今轩冕盛，真孙宜作地行仙。

观潮因寄五弟拊生日

祝弟生辰不惮遥，元丰六稔庆三朝。

源源祺寿来无尽，一似钱江两信潮。

送张彭赴会稽丞

扁舟行渡浙江滨，湖上风光已漏春。

为报稽山民吏道，邑丞今是悟空人。

用蓬莱法酿酒成以四壶寄越州程给事三首

功臣堂号与山堂，已斗醇醿又斗香。

今酿蓬莱法差胜，乘壶携寄愿公尝。

又

武林新酝效蓬莱，莫把梨花较绿醅。

安得逢春命高会，大家同入醉乡来。

又

一日湖头两信通，往来惟只递诗筒。
何时得把金罍倒，观取诗翁作醉翁。

清思堂偶成

垂老将休俗累轻，旧乡来守越王城。
吾怀自信无污染，何必升堂思始清。

送二十三侄岖还衢赴举

行美文精即擅场，不论京国与江乡。
乡人若问吾归计，已叩天阍第九章。

送禅师广教赴衢南禅

到日参徒耳目新，桃花一笑已中春。
吾今告老还家近，亦作柯峰自在人。

致仕后立春偶成

四纪荣涂愧滥巾，圣恩从请幸全身。
高斋静有无穷乐，又报元丰第四春。

监神泉监五弟拊生日寄法酝为寿

岁首月三逢诞日，寿樽遥寄助童颜。

黄庭内景非虚语，百二十年犹可还。

送五弟得替赴阙

三载神泉绩大成，交章使者荐能名。
朝廷方且求人切，未可图闲学老兄。

辛酉岁旦偶成

一夕寅隅斗转魁，三阳和气入春台。
鉴中华发浑霜雪，七十四从头上来。

送讲师惟爽归杭州

旧隐重寻远世机，呼童把帚扫禅扉。
疏帘卷尽南轩阁，引得湖光一片归。

咏竹为六弟抗司户生日

万竿终日弄清风，溽暑消除尔有功。
老去年时转潇洒，此君真是竹林翁。<small>竹林翁乃六弟道号。</small>

寄题袁教授思轩

补过尽忠随进退，潜心高与古贤期。
吾儒造次必于是，何用凭轩始再思。

寄酬致政赵少师五首

夙荷公知独久要，政堂平日幸为僚。

新篇屡拜金琼赐，千里同风不为遥。

又

明月惊人为暗投，珍函开发晓光浮。

五章丽句真高唱，所得过于万户侯。

又

云涛朝暮湖山胜，曾伴仙翁烂漫游。

别后瞻思闲屈指，岁华如箭已三秋。

又

短书临发意徘徊，寒夜霜晴上月台。

濰水瀔江天共远，举头惟见雁南来。

又

天台雁荡去寻真，往复秋冬过七旬。

不是君恩山岳重，肯教归作自由身。

送周古尉武康

少时来访武夷峰，予时宰崇安邑。学业优殊志气雄。

今我老归公始仕，神仙宫在水晶宫。

送王九皋道人游杭州

暂分仙袂下罗浮，罗浮与公元是共师。又作钱塘佛国游。

欲识先生踪迹否，江湖无碍一扁舟。

己未岁除言怀示诸弟侄子孙二首

得请归田弛负担，满头霜雪鬓鬇鬡。

高斋屈指呵呵笑，明日新春七十三。

又

三岁尝叨贰国钧，两经吴蜀拥车轮。成都、吴越俱忝两任。

寻思政府归休日，八百科中止一人。景祐初榜，制云：今岁殿

廷登科者逾八百人。

六弟司户生日

我竹林翁所得奇，心传佛要面仙姿。

年年六月十二日，观取高斋祝寿诗。

己未岁十月七日登唐台山偶成

直到巢峰最上头，旋磨崖石看诗留。

重来转觉寒松老，三十六年前旧游。

赠禅僧二首

云意乘秋任往还，泉音终日自潺潺。

师心正与云泉契，不称城居只称山。

又

瀫水曹溪一滴通，烂柯元是妙高峰。

子湖有犬无人会，我欲凭诗寄老踪。利踪即子湖禅僧也。

题婺州郡圃双溪亭

去年春晚宴亭皋，今日重登不惮劳。
栏外当时双派水，已应归海作波涛。

题八咏楼

隐侯诗价满东吴，八咏诗章意思殊。
世说当年清瘦甚，不知全为苦吟无[①]。

过婺示施耕县丞

子诗赠我离杭日，劝使东来作主人。
再得湖山老休去，而今始是自由身。

登云黄山

云黄绝顶冠峰峦，七佛当时行道坛。
天敛积阴千里霁，故令登赏得盘桓。

题婺州永康县延真观松石

岁寒姿性禀于天，一变人疑换骨仙。
操是寒松心是石，始终全类古真贤。

166　① "无"字原本作"诗"，误。宋本作"无"，四库全书本作"臞"，据宋刻本改。

登越州新昌石佛阁

南明石像世称奇，人说嘉州具体微。
大小何烦较吴蜀，法身无处不同归。

过天姥岭示男玑

吾子沿江千里来，我车不惮陟崔嵬。
永嘉贰政年方壮，未用斑衣学老莱。

初入天台示男玑

景入天台日日新，安车千里去寻真。
路逢白发老翁问，父子同游有几人。

题三井瀑布

三井余波势靡停，平铺千丈落峥嵘。
秋阳五彩随流照，上有日光，五色凌乱。纵有良工画不成。

双阙山

峰峦如蜀剑关分，万仞千门不可亲。
惟有诸仙功行满，云屏从此去朝真。

琼　台

台岭周回八百里，琼台中立许谁登。
宵分疑有群仙集，月白风清最上层。

龙　潭

黯黯龙潭不测深，临观崖下已千寻。
若逢岁旱休闲卧，好与斯民去作霖。

放螺溪

子舆辍肉为闻声，德洽民心苦好生。
智者教行尤可尚，放螺从此得溪名。

与男叽游天台石桥览先祖诗因成

石桥吾祖昔留诗，句有天寒树着衣。
山下老僧能叹咏，诸孙三岁与光辉。先祖诗云："水静苔生发，天寒树着衣。"。

锡杖泉

丛林枯槁井难穿，珍重禅师道力坚。
一旦出庵携一锡，卓山随手涌甘泉。

过台州登巾子晚游东湖

巾顶广轩逢杪秋，万家云屋接丹丘。

主人欲尽行人乐，更向东吴共泛舟。

泛舟离台港

赏遍丹丘上画船，旌旗金鼓满晴川。

潮平难缚舟人望，一似离杭过越年。予去春休官，由浙江过越，

仿佛类此。

观音岩

石龙一滴水涓涓，大士岩溪峭壁间。

我道音闻无不是，何须曾入宝陀山。

题灵峰寺

雁荡林泉天下奇，谢公不到未逢时。

碧霄万壑千岩好，今日来游尽得之。

登飞泉寺会峰亭

会峰亭对大屏风，万秀千奇耸若空。

不识谁能夺造化，真仙世界一壶中。

出雁荡回望常云峰

游遍名山未肯休，征车已发尚回眸。
高峰亦似多情思，百里依然一探头。

观　海

巨海澄澜势自平，停车冉冉看潮生。
岂同八月吴江会，共骇潮头万鼓鸣。

观老僧会才画像

白鹤丛林古梵宫，壁间留像见真风。
忆师去岁雷峰别，只似南柯一梦中。

经乐清寄前县令周邠

旧治熙熙乐似春，退公章句更清新。
官居佛舍留题遍，可惜诗人只字民。

宿象浦驿记梦

曩岁阻风京口日，今离象浦复徘徊。
姓江名静人何许，昨日依然入梦来。

答毛章秀才

两阕新诗出慎江，亲携迎我重嗟降。

深藏箧笥生光彩，价抵千金璧一双。

题僧正仲灏定阁

晓窗幽磬暮疏钟，晓暮清音消息通。

阁以定名成底事，醒醒须仗主人翁。

侄婿郑庭晦与子同游雁荡今欲先归赠别

君念亲闱肯暂留，吾居子舍尚优游。

逢人为道归迟意，正似江湖不系舟。

留题戏彩堂示男几

我憩堂中乐可知，优游逾月意忘归。

老来不及吾儿少，且着朱衣胜綵衣。

谒水心院讲僧继忠

烟波周匝望中赊，乘兴驱车一径斜。

谁识上人修证地，水晶宫里法王家。

客舟夜雨

朝发温江上处溪，小舟无寐枕频欹。

夜来雨作篷簝响，恰似当年赴举时。

括苍照水阁饮散闻角

主礼殷勤醉玉杯，暮云山顶压楼台。

浑如元相夸州宅，鼓角声从地底回。

缙云玉虚宫

宫前车辙状分明，世说轩辕上玉清。

仰慕劳心是秦汉，不修功行只虚名。

步虚宫

妙峰高处即仙居，多为朝真作步虚。

却是清风明月夜，一声倾听属樵夫 ①。

鼎湖峰

不见青莲花落时，鼎湖惟有白云归。

一峰孤立如天柱，君较灵岩具体微。

172　① "夫"原本作"人"，据宋刻本改。

仙水洞

路入云端步步轻，洞中滑溜一泓清。
不逢真侣仙踪在，犹喜磨崖纪姓名。

隐真洞

仙洞长年卧白云，灵丹成就养天真。
汉廷轻为东宫出，应笑商山四老人。

忘归洞

洞天日月最迟迟，来见仙真即忘归。
看取桃源刘阮去，旧乡虽是故人非。

自温江宿僧净偲秀野轩

千里寻山忆烂柯，七旬归去此重过。
因观秀野轩前景，与我高斋不较多。

男玑随侍还乡欲回温赠行

七旬寻胜远尘纷，身计优游荷国恩。
往复汝勤人尽说，从来忠孝出吾门。

越州讲僧智月见访

不惮风霜道阻修，一瓶一钵少迟留。
稽山未可轻归去，浮石精蓝况旧游。

次程师孟正议题神照大师养志堂

报恩堂庑缮完新，养志熙熙镇似春。
佛子事余为孝子，黄金园有白头亲。

送衢守王照大夫

车骑衢民不可攀，机山云约首春还。
绿衣堂上成童戏，八十慈亲为解颜。

酬前人见别

退休林下屈朱轮，逸老亭边袂欲分。
一诵高斋回首句，感公于我独殷勤。公诗有"回首高斋拭泪痕"

之句。

送余宗道主簿赴官

枳鸾新命去逢春，士论许为忠孝人。
白首慈亲七十八，安居荣侍入西秦。

次韵吴天常中散

教言今觉背诸尘，不了心源未是真。

却念樵夫无所得，当年虚作烂柯人。

送蔡门长官赴任丹徒

柳深莺老暮春天，恭侍慈亲解画船。

举首丹徒民万户，共迎和气作丰年。

十八男𪿝太仆寺丞生日

宠数亲承咫尺颜，清修虔命似居山。

欲知不老个中事，应向如今悟八还。

送海印长老赴峨眉都僧正二首

归根落叶舞秋风，入蜀分携瀿水东。

欲别何烦示圆相，普贤今作主人翁。

又

片云无着又西还，过尽秦山上蜀山。

我独为师欢喜处，一程程入旧乡关。

会稽智印大师可升复为僧正因寄

突兀浮图烈焰焚，入云千尺一朝新。越塔遭火，今已复旧。

闻师领众非辜罢，今复如初慰越人。

梁子正哀词二首

一节循循见始终，平常心有古人风。

临行却笑庞居士，何用当庭探日中。

又

函中赤轴谁能卷，壁上孤琴已绝弦。

付与儿孙有清德，临风何必更潸然。

天台蛇洞

道猷宴坐卓一锡，萧然屏去群魔迹。

大蛇开口合不得，始知三昧通神力。

内照庵

山老榜庵名内照，掩扉默坐徒观妙。

欲知毕竟事何如，无量寿光悬两曜。

宿温岭

昨朝初泛临海舟，今暮已登温岭驿。

秋风阁雨波不扬，风伯江神俱有力。

因海印行感旧寄蜀中故人

我车出蜀十年强，感旧情怀未尽忘。

有问老衰师为道，心如冰雪鬓如霜。

和二苏题白鹤观二首

黄衣道士骨朽矣，白鹤仙翁诗宛然。

君傥不能来一顾，壁间磨灭有谁传。

又

不逢棋酒与莺花，古观高吟字字嘉。

好事独来终日赏，诸翁争去著诗夸。

退居十咏

高　斋

轩外长溪溪外山，卷帘空旷水云间。

高斋有问如何乐，清夜安眠白昼闲。

水月阁

池阁孤清瞰碧流，太虚怀抱物华秋。

圆蟾默有中宵约，几点闲云为我收。

放　鱼

鱼不能言似可哀，竭池千数竞徘徊。

瀫江深处呼僮放，羡尔优游得所哉。

双　松

少时亲手植双松，昼爱层阴夜听风。

今日岁寒逾五纪，也应心似主人翁。

竹　轩

暑威何处称疏慵，百本修篁小槛东。

时遣清风送消息，此君都在不言中。

柳　轩

动入和风静惹烟，翠条疏处露池莲。

林中尽是能吟物，春有黄鹂夏有蝉。

归欤亭

密径修筠郊外居，小亭随意榜归欤。

等闲早暮携筇看，池沼东头是旧庐。

濯缨亭

亭上秋登远目明，濯缨诚不是虚名。

晴波一片如铺练，浮石江心彻底清。

负郭田

累岁辞荣得帝俞，老来天幸更谁如。

腰间已解黄金印，归有田耕二顷余。

望南山

乌巨东西气候秋，子湖冈陇暮云浮。

欲观古佛丛林地，只用凭栏一举头。

常山县令姚存哀词二首

瓜期终代促装前，常遗吾书索赠言。

今日却成哀挽句，霜风江上送灵幡。

又

威惠三年邑政优，平生志业未经酬。

嗟嗟故里松楸老，先陇归陪地下游。

寄灵隐圆明禅师

故人相别岁时多，日欲为书奈懒何。

犹喜个中无间断，西轩云岫碧嵯峨。

桐木为鱼寄名山主

森森乔木得诸邻，雾锁云埋不记春。

报得看看鳞角就，为君惊起梦中人。

景仁寄超化长老

千里无书信却通，灞江南畔石桥东。

春来消息谁传去，落尽林花一夜风。

岁日示众

今年年是去年年，此处何曾有变迁。

穿耳胡僧曾说破，梅花落尽柳生烟。

南明示众

寂寂松门竟日闲，更无金锁与玄关。

时人欲识南明路，过得溪来便上山。

惠远上人壁

烧香运水及煎茶，谁识庐山惠远家。

社客若来高着眼，不须平地觅莲花。

登真岩

殿阁凌空锁翠岚，雪晴春色在松杉。

芝骈羽驾归何处，留得双乌宿旧岩。

九峰岩

龙丘石室人难继，安正书堂世莫登。

但见烟萝最高处，九峰排列一层层。

联　句

引流联句并序

江原县，江缘治廨，沁而东，距三百步，泷湍驰激，朝暮鸣在耳，使人听爱弗欲倦。遂畲渠通民田，来围亭阶庑间，回环绕旋，沟行洛渟，起居观游，清快心目。公事暇休，与弟抗、扬坐东轩，乐然盘词（桓），为诗章成，书之石，曰"引流联句"。皇祐二年冬十一月己酉，越人赵抃阅道云。

别派从江垠，邀流入农畎。抃。

淙淙来源深，瀺灂度沟浅。抗。

园穿萧艾芟，堑断荆蓁剪。扬。

疏功浃辰长，溉利千步远。抃。

田观疑泽潴，坎听类瓴建。抗。

北溟归凿池，幽岳漾装巘。扬。

泻堮纹湍驶，回湾波细转。抃。

过窦石眼窥，经虚土口吮。抗。

浮行值落叶，浸长逢生藓。扬。

孤鹤眼怪觇，纤鱼鬣跳展。抃。

中沈无秽淤，底净有纹礛。抗。

映苇色莫分，喧琴韵难辨。扬。

增霖人闹蛙，涵月夜惊犬。抃。

侵篁鞭起萌，逼水低垂菌。抗。

怜黄浇菊篱，惜紫沃兰畹。扬。

吏咨窑甏瓮，童戏芒车卷。抃。

灌携令手劳，漱掬致腰俛。抗。

庭秋临加凉，轩夏尚消烜。扬。

我矜近济能，僮贺遥汲免。抃。

贮阤埋巨瓵，归厨架修笕。抗。

供陶饭盍粮，给澳羹鼎裔。扬。

调药修臼饵，煎茶试罗莽。抃。

坐客频泛觞，蹲儿屡洗砚。抗。

聆寒心脱烦，挹冷酒除湎。扬。

壅挑筇步随，静看髭吟捻。抃。

高怀造文摅，清兴团诗遣。抗。

瑰章非俗成，怪句自幽选。扬。

涌词波翻瀛，绵意绪抽茧。抃。

书丹字隶行，款碣石磨琬。抗。

题为引流篇，记耳非自炫。扬。

赵清献公文集卷第六

奏 议

奏疏论邪正君子小人_{至和元年九月三日}

臣闻欲治之主，得人其昌。左右前后，皆尽贤正也；谋谟谠言，皆尽延纳也；忠厚鲠亮之士，日益招来；便佞诡奸之徒，日益摧缩；号令风化，日益流布；朝廷中外，日益尊安。若然，富寿之域坐跻，太平之象立见。噫！左右前后百，不得贤正之人而为之辅翼，虽尧之癯瘠、舜之孜孜、夏禹之克勤、文王之不暇食，末如之何也已。汉刘向谓："正臣进者，治之表；正臣间者，乱之基。"诚哉是言也。在《易》"君子道长，小人道消"，于卦为《泰》，其繇云"上下交而其志通也"。正臣，非君子欤？反是，则于卦为《否》矣，《否》之繇则曰"上下不交，而其志不通"，内小人而外君子。邪臣，非小人欤？此言为天下者，宜进君子而退小人也明矣。谷永所谓帝王之德，莫大于知人者，其有旨哉。夫南面而听天下也，公卿百执事，杂然满前，孰为正，孰为邪，孰为君子，孰为小人，在圣人明视而聪听之，精择而慎拣之，真伪明白，人焉廋哉？大抵辅相枢机之任，得正人也，得君子也，然后同德而同心也，则其下所谓邪者、小人者，靡然相与俯首帖耳以去，而徘徊所留亡几矣。鉴观古昔，信史备存。有虞，大圣人也，任十六相，世济德美，梼杌饕餮，流窜四裔，民至于今称之无穷。周成，哲王也，善有旦、奭，则信之不贰，恶有管、蔡，则诛之勿疑，故年七百而世三十也。始皇惑高、斯之佞不能夺，忽叔孙之才不能与，秦嬴之败，曾不旋踵。元帝知恭显之奸不能摈，爱萧望之之贤不能用，炎汉之运从而衰下。唐太宗纳房、杜、王、魏之切议，诛侯君集、张亮之凶僻，遂成贞观之治。天皇听敬宗之附会，戮无忌之忠良，终有易姓之祸。其后元振、朝恩之擅权，元载、卢杞之窃位，代、德之世，其危殆相继，不绝如线，兹诚用人之得失，莫不系国之安危。间分两涂，不可不辨。恭惟陛下，以上圣之资，御神器之重，开纳忠说，继承祖宗。数路以取人，一德以求治。然而迩来日星谪见，圣衷焦劳。蝗潦为灾，民力凋弊，帑庾空窘，戎狄窥觎，官冗兵骄，风俗奔竞。今将治其弊、安其危，岂一人独运于岩廊之上而能致之哉？当此时也，谓宜博选忠直方正、能当大任、世所谓贤人端士者，速得而亟用之位，于丞疑辅弼之列，朝夕献替，得嘉谋嘉献，发为号令，使天下耳目，闻见太平之政，在今日尔。臣不胜大愿，愿陛下宸断不疑，举正以却邪，陟君子而黜小人，有为于可为之时，无因循后时之悔，则天下幸甚。宗庙之灵，社稷之福，此其时也。臣远贱之迹，愚亡所能，惟思死节一诚，上报陛下采擢覆帱之德万分一二。臣无任许国竭忠、激切待罪之至。

奏状辨杨察罢三司使 九月

臣窃见近日除杨察罢权三司使，转户部侍郎、提举集禧观公事，臣风闻，因百姓张寿于三司指论皇城司亲事官取受内香药库，公人钱物公事，三司勾追被论人不得，缘此事由，遂罢察三司使。中外传闻，无不喧骇。伏缘三司领天下大计，实朝廷委任重臣之地，岂宜轻议去就。以谓察若有罪被黜，不当更转官资；察若本无罪犯，不当忽即罢去，置之散地。汹汹人情，不能无惑。今若止以皇城司争论公事，遂尔黜废，恐非朝廷进退近臣之体。伏望陛下特赐宸断，辨察有无罪犯，明示中外。若果无罪，即乞追还新命，且令仍旧职局。如此，则上全国体，下息人言。臣备位宪司，不敢缄默。

奏状论置水递铺不便

臣窃闻近差马仲甫计会淮南发运使，相度创置沿河水递铺，兵士牵传纲运舟船等事。臣昨通判泗州，备谙沿汴至京转输军粮斛斗体例，久来颇甚允当。国朝仰给东南六路，岁计发运司，每年管定上供粮米六百五十万硕，未尝阙绝，盖能谨守祖宗条贯法度。只委本司差拨兵稍支破水脚工钱口食，不至失所。今若轻议创新改法，沿汴起盖营房，招集兵士数万。泗、宿、亳、宋间累年灾伤，大成骚动，一则尚恐招集兵级，猝难满数；二则虑兵役朝夕往返，牵挽舟船，既无休息，疲苦劳顿之后，不惟多致逃亡，生事亦便壅遏，住滞纲运。自春夏水通，未敷本司元额，斛斗间即已霜降水落，又须隔岁不前。万一遂使军储乏绝，临时噬脐，如何更作处置？坏大计者，无甚此举。欲乞朝廷速降指挥，下淮南发运司。且依旧例施行，免向去败事。下发运司。

奏札乞放泗州酒坊钱九月

臣昨通判泗州日，伏见本州临淮、招信、盱眙三县，有百姓衙前元系庆历二年敕，根究到买扑村酒坊场净利钱共二万四千余贯。续准庆历五年十一月敕节文：今日已前，先降指挥，令百姓及衙前人送纳交卖酒坊钱条贯，更不施行；其所根究到酒场净利钱数，更不催纳。至皇祐四年内知州陈式不晓敕意，却行点检勘决干系人，仍下三县督责监催元欠人送纳交坊钱数入官，前后催理钱五千余贯外，尚有一万九千余贯，无可送纳。臣为见已该庆历五年十一月条贯更不施行，灼然明白，不当更须追催。本州未敢一面除放，又牒邻近滁、濠、宿等州，勘会得似此人户所欠净利酒钱，例各依敕除放去讫。独有泗州，只因陈式，不顾条贯，惟务聚敛，刻削细民，反行监催，为己劳绩。本州曾于去年六月内具此因依申奏，蒙送三司。有司之吝，未即放免。至今本州却且追勾理纳。窃缘淮南比年灾伤不易，百姓等为此无名欠负破荡财产，填纳不足，至有死亡逃窜者。州县枷锢欠人骨肉，追及亲邻，窘贫无聊，嗟怨滋甚。臣谓朝廷涣汗之号已行，欲乞特降指挥下泗州，所有人户见欠上项酒坊钱，一依庆历五年内敕条，并与放免。所贵疲民渐苏，感召和气。下三司。

奏状论北使到阙

臣窃闻密院札子下张捄，须管契丹人使今月二十五日禁乐前到。以臣所见，温成皇后葬事如典礼制度，该得禁乐。虽人使来，固无所避。如未得合宜，亦当速务更张。若北使涂中因故迁延，须令张捄催督，克期到阙。或万一不即依禀，别形语言，于国大体，亏损不细。欲乞速降指挥，再付张捄从容接伴，一如常仪，亦朝廷所以示闲暇、持重难测之一端也。

奏状乞缉提匿名文字人九月十日

臣窃闻近日有以匿名文字印百余本，在京诸处潜然张贴，谤讟大臣，闻达圣听。此当有奸邪险陂、忌刻无赖之辈，惑乱用间，摇动朝廷，亟欲中伤陛下近辅者之为也。脱使憸狡之计万一得行，则臣恐陛下常所信用宰执公卿，而今而后，人人徇默，忧畏不测，无所措手足矣。以臣料其传写雕印谤书百余本，遍布辇下，似非一二人能独为之。虽已下开封府出榜，厚赏缉捉，至今已是多日未获。臣欲乞更赐指挥于南河北市要闹处，桩垛一色见钱，并预出空头宣敕，示人果决必信，所贵速得败露。才候有人告首得实，便仰即时给付充赏，仍令有司子细鞫讯，根穷恶党，临时取旨，法外重行处断。如此施行，则足以安辅臣惶惑之心，沮小人阴贼之计，中外幸甚。

奏状乞改差以次臣僚监护温成皇后葬事

臣伏以国家礼制，隆杀从宜，本缘人情，匪自天降。规模法式，中外观瞻，得之则取重朝廷，失之则贻诮天下。臣伏睹温成皇后礼葬，初命参知政事刘沆为监护之职，当时物论，或未为非。今沆爰立作相，谓宜立须改差，奈何重惜更张，胶固不变？风宪论列，陛下所宜留神；相臣恳辞，陛下所宜开可。上守祖宗之轨范，下从臣子之谠言。念公相燮理之非轻，俾后妃终始之如礼。伏况自启殡祭窆，制度绳墨，一切办集，定无阙事。其监护职除宰相外，欲乞速赐改差，以次臣僚，免使亏本朝之典礼，取后代之讥议。臣写诚沥血，所难尽言。伏惟陛下思之慎之，特赐采纳，则天下幸甚。

奏状乞不许虏使传今上圣容

臣风闻契丹泛使坚求传写圣容，归示本国。又云候向去正旦使来，亦赍虏主所传神，进献朝廷。虽未俞允，臣下岂能遑宁，昼省夕思，大为不可。伏自南北和好，仅五十年，然赐与万数固多，而华夏礼法犹在，岂容渝动信誓，妄行干求？深惟庙堂自有谋算，如向时尝借乐谱，前日将进寿觞，陛下皆能照其谲诈，沮彼狂率。今之所请，益又可骇。况非虏书语及，只是黠使口陈。伏望陛下密令馆伴杨察以直词拒之，命中书密院以常礼遣去，庶几戎人之议，无轻中国之心，则圣神何忧，臣子不辱，中外幸甚。

奏疏论契丹遣使无名十月一日

臣伏见河北通和，岁历寖久，使人往复，礼有常数。近者虏庭遣萧德辈，不时而来，奏记旅实外，又即别无事端，虽中外人心稍安，然戎狄情伪难测，或观望衅隙，或窥觇盛衰，桀黠贪婪，自古无信。昔汉文帝与匈奴和亲，厥后继入边境，故贾谊有太息恸哭之说。唐德宗许吐蕃盟会，至时窃发平凉，故浑瑊有狼狈奔遁之事。初皆甘言厚意，终乃背约渝盟。今契丹使来无名，其势未已，侥求不一，诡诈百端。称息兵以怠我师，幸重赂以困邦赋。其意不浅，其可忽诸？《传》曰"居安虑危"，又云"有备无患"，不可谓边隅未扰，即示晏安之怀；不可恃风尘未惊，遂为苟且之计。伏望陛下留神鉴古，密谕辅弼近臣，讲求捍御之策。今沿边急务者，莫先乎择将帅、练士卒、备军实。择将帅，则才能者留，疲懦者去；练士卒，则精勇者进，骄惰者退；备军实，则边气壮，人心安。三者有御，万一猝然寇警，我何惧哉。顷岁西师未兴之日，士大夫有横议及此者，人皆窃笑鄙易之，指为狂狷不祥之言，乌肯动心预为之防。一旦延安惊扰，临时措置失次，中外不胜其弊。臣今之言，未必非当时狂狷不祥之言也。至愚忧国，无所讳避。伏惟陛下如天听卑取，千虑一得之说，奋乾刚之德，发先见之明，审思而力行之，则宗庙社稷之福也。

奏状乞勘断道士王守和授箓惑众十月四日

臣窃闻有信州龙虎山道士王守和，见在寿星观内寄居。昨秋中曾纠集京师官员百姓妇女等一二百人，以授符箓神兵为名，夜聚晓散，兼近日此法寖盛，传布中外，沸腾街坊。又欲取今月十五日夜，于本观登坛，聚众作法，希求金帛，惑乱风俗。岂宜辇毂之下，容庇妖妄之人，深属不便。臣欲乞特降指挥，下开封府捉搦勘断，押回本乡，免致勤民生事。下开封府押归本州。

奏状论礼院定夺申明用空头印纸

臣窃见自来朝廷，凡所干涉礼典事，并送太常礼院定夺，申明务令得体适中，示不欲专也。其本院知判官，不下八九员。日近有司承授行遣，多只用空头印纸，写成文字。本院官或有议论未同，或则未遍呈覆，即不更候签圆，只胥吏辈面书，填名衔申发。既亏国体，岂恤人言。今来有礼生元介等见为代署事发逃避，系开封府根究施行次。臣欲望圣旨特赐指挥，礼院今后但承准朝廷定夺礼法等事，不得更用空头印纸，并须知判官员，公共商确，亲署议定文书，临时用印申发，免紊彝章。所是见今元介等公事，亦乞严赐催促开封府，早令勾追勘断结绝。下中书断礼生等各赎铜放。

奏状乞差马遵充发运使

臣伏闻许元奏请乞罢免江淮等路发运事。缘元自授本司判官，至副使，已及二年。东南大计，每岁六百余万上供，未尝有一阙误。今朝廷如以元久次多病，允其所请，即须又得有才干直如元者，俾代其任。以臣愚见，能继元职任者，莫如再用马遵也。遵亦自本司判官至副使，历三四年，无不通晓六路漕挽利害，事事办集，其心计才力，不在元下。今若使遵与王鼎协力并济，则制置干运，号为得人。况京畿辅近，兵屯甚众，廪庚仰给，率资东南。万一朝廷失于择人，则发运司纪纲一隳，军储误事。至时虽复更张，亦须更三二年整顿，方得及旧。伏望圣旨指挥，如令许元罢免，即就差马遵充置发运使，免贻后悔。

奏状乞减省益州路民间科买 十月

臣窃闻益州路奏报，恐为蛮寇侵轶，虽已有御备，然臣以愚见，谓宜先宽民力，使人心安和，即无他虞也。今具本路有科配、民间不便等事，画一如后。

一每年转运司下益、蜀等州科买，官布每一匹，只支与大钱三百至四百文，其布实直每一匹计大钱八百至一贯文，多是贴钱买纳。自庆历以来，每岁又更增添买纳万数，民间困乏不易。

一每年转运司准朝省指挥，下邛、蜀等州，织买九璧大绫，每匹支与丝并手工只共算计大钱二贯文上下，彼人户每匹却用大钱六七贯文转买纳官累年，亦是增添匹数科织，民间大为骚扰。

一每年转运司于辖下州军用人户合纳苗米，每七八斗，折纳官绢一匹；每岁米贱，每一斗只直大钱二百至一百三四十文以下。官绢每匹直大钱三贯以上。州县促限督责人户贱粜米、贵买绢输纳，艰阻弊苦，百端折纳，万数益多，民间转见贫窘。

右谨具如前。臣昨知蜀州江原县日，备见民间科纳之际，忧愁亡聊，兼体问得宝元以前，本无如此浩大数目。伏望陛下仁圣，特赐矜恤，下本路钤辖转运司，共同体量，于折变科配买织匹帛万数内减放一半以上，庶几宽远方之民。

奏札乞差填殿帅十一月三日

臣伏见自来殿前马步军各有帅副，共六员。今殿前只许怀德，马军惟范恪外，又复兼管步军，其余都指挥使、虞候，见差出四员。夫禁卫士旅众多，全藉忠干、有心力帅副，分头部辖，训练精强，以壮朝廷之威。今来在京见阙四员，伏望特赐指挥，抽还供职，或别选差填补。所贵专各管勾军政，免致急阙误事。

奏札论汤夏不合权开封府判官

臣伏睹已降敕差汤夏权开封府判官。窃缘汤夏素无士誉，兼近患耳重，浩穰之局，须藉察狱听讼，以区别枉直。况上件差遣，乃是职司镃基，如将来遂除夏职司，则外部州县，岂免受弊。伏乞朝廷特赐指挥罢免，仍别差清强官，权开封府判官。下理省府资序。

奏状论除吴充知高邮军不当十一月四日

臣伏睹已降敕差鞠真卿知淮阳军，吴充知高邮军。然以真卿曾有奏请，惟充外补，名则不正。窃闻朝廷以充近移牒礼院手，分代署事，情涉虚伪，目为怗邪，遂尔左降。伏缘自礼院有此用印纸代署公事以来，臣即尝论列，虽礼生等量行赎罚，盖是未经勘劾，所以真伪不分。臣愚伏乞追索元初代署始末一宗公案，差清强官置司根勘。如充等显属诳枉，即行黜降未晚。若礼生等公然作过，并乞依法条科，决使罪状明白，众所共知，则至公之朝，无滥罚之议。

奏状论薛向酬奖侥幸十一月二十二日

臣窃闻近降敕差虞部员外郎薛向，在京划刷库务闲杂物色，送卖场出卖。候了与卖场监官，一例酬奖。缘向尝以鄜州水灾微效，朝廷推恩，已令指射知州差遣。候二年，即与升陟，实为优异。今未授差遣间，若更理卖场酬奖，乃是重迭连并恩赏，大为侥幸。况见今朝行中，多有才干、不曾经升陟之人，未蒙差使，似失均中。臣欲乞指挥所示，薛向且依前降恩命外补，其根括闲杂物差遣，特赐下三司，别令举差常朝官中有才干、未经升陟之人对替，所贵赏典无偏。或只乞改差，逐部判官公共管勾，自可办事。下三司别差官替下薛向。

奏状乞寝罢石全彬陈乞入内副都知等事

臣伏睹已降敕命，除石全彬授宫苑使、利州观察使，仍与观察，留后请受，宠数便蕃，固已加等。今又闻全彬未即祗受，别更攀援体例，妄行陈乞职任。窃缘全彬自管勾温成皇后葬礼以来，朝廷重迭赐与不少，今其事毕，复乃优转官序，岂宜略不知足，尚肆侥求，中外闻之，喧沸嗟骇。臣愚欲望陛下，特降圣旨指挥，石全彬且依前敕处分。所是今来别有陈乞入内副都知等事，一切并赐寝罢。罢副都知。

奏状乞下淮南路应人户买扑酒坊课利许令只纳见钱十二月一日

臣窃见诸路州军，系官监酒场，许人户认最高课额，买扑趁办送纳官钱，于公大为利益者，以其能减省官中米曲物料，并监专兵夫请受一切费用，而得月入净利钱。独淮南一路，买扑坊场，最为浩瀚，只自皇祐二年后，本路转运司擘画，令酒坊人户，将课利见钱变转，作米麦每一斗，于市价上，明减下三二十文科折，赴逐州仓送纳。其所定斛斗价利，既已大段亏损人户，及乎输纳之际，不惟倍备脚乘，例用加耗量入，以此縻费，几及一倍，遂使近年真、扬、濠、泗等州酒户，破竭家产，陪纳官钱，负欠积压，须至闭罢不免。官中却自开沽，重成劳费。此其无他，盖向时漕司，见一时之利，而忘久长之计耳。是则前日所得者寡，而今日所失者多矣。臣愚欲乞朝廷特降指挥，下淮南路，应人户所买扑官酒坊，见今未曾闭罢者，许令依旧将课利，只纳一色见钱入官，所贵公私久远利济。下淮南转运司免折。

奏状论宰臣从人捶杀妇人乞下开封府勘鞫十二月九日

臣窃闻开封府昨有妇人一名，被宰臣下导从人以他物击损头骨，自宋门街传送出曹门外，系所由崔成等交割，至护国院侧，致命身死。已曾差官检覆。经今仅及半年，其本县并不画时追勘申解，却只监勒地分耆壮出外，迤逦寻究。显是有所顾避，乃欲拖延岁月。伏缘性命事重，岂容京辇之下，白日无故捶杀平人，枉滥如此。官方不为理雪，深可痛愤。伏望陛下特赐指挥，下本府句追干连人，送所司勘鞫，庶几冤命有归，以召和气。下开封府根究。

奏状乞罢孙惟忠充高阳关兵马钤辖十二月十二日

臣伏闻差孙惟忠充高阳关路兵马钤辖，仍转使名。窃缘惟忠历官以来，过犯不少，一次勒停，一次编管，一次冲替。近自杭州都监，又经体量降黜。今来既得黄河都大提举，差遣未久，何乃骤膺升陟任用，又即优改官资如此，则是有过无功之人，翻得不次酬赏；通巧佞之路，开侥幸之门。外议纷纭，皆以为惟忠要结权贵，密行请托。此风遂炽，大为不可。臣愚欲望陛下特赐指挥，寝罢惟忠新授恩命，亦沮恶劝善之一端也。诏只充都监差遣。

191

奏札乞止绝高齐等出入权要之门 十二月十三日

臣窃以司天台之局，其星辰变异，气候差殊，岁时吉凶，人事休咎，居是职者，无不尽知。国家固宜慎密，而防闲之也。近闻高齐、苗达等辈，多于权要臣寮之门，出入无节，深属不便。臣欲乞朝廷特赐指挥，检会司天台元初约束条贯，严行止绝，免致惑众生事。下司天台监常切觉察。

奏札乞牵复陆经旧职

臣伏见大理寺丞陆经，顷因乡里借钱，并与官员聚会等，公事勘断，止得杖一百。罪又已该赦释放。当时有勘官王翼，于事外上言诬构，遂贬经袁州。十年江淮，六次恩赦，子母万里，今始生还。同时被谪之人，例各仍旧职任，惟经未蒙牵复，前后累有近臣奏雪，惜其遗才。昨闻已降圣旨，下审官院，与除江南小处通判仅已。涉岁本院止今都未有阙。食贫羁旅，深可悯恤。其人为性恬退，未尝自陈。臣若不言，则至公之朝，无由知此冤滞，甚伤和气。臣伏望圣慈，特赐推恩，牵复旧职，或与江淮、两浙路分一州郡，合入差遣，所以伸无辜、劝自新也。

奏状论三路选差

臣窃见审官院系选河东、河北、陕西三路亲民差遣，其官员曾犯私罪杖以上、公罪至徒者，更不预选。缘今京朝官中员数至多，其间有偶曾犯上项公私罪，纵后来能改过自新，亦永不得预前路分任使。或虽是乡里，必也无由得归。情有重轻，法宜矜恕。臣伏睹明堂赦书节文，今后应系选差职任，令主判官审择人才，参校履历，不得以公私轻过，便隔选差。如须合立定选格，即仰本院，别行详定闻奏。乃是朝廷欲得任官之法，宽不遗才。后来审官院却指定上项刑名，比旧益增阻碍。臣愚欲乞所系三路选差，去处京朝官曾犯私罪徒以上公罪至流，方许隔下，只是于原降指挥内，移换公私过内"杖""徒"二字为"徒""流"字外，别不冲改，前后条贯。伏望圣慈，特赐指挥施行。

奏状论宰臣陈执中家杖杀女使十二月二十四日

臣窃闻宰臣陈执中本家捶挞女使迎儿，致命身死。开封府见检覆行遣，道路喧腾，群议各异。一云执中亲行杖楚，以至毙踣。一云嬖妾阿张酷虐，用他物殴杀。臣谓二者有一于此，执中不能无罪。若女使本有过犯，自当送官断遣，岂宜肆匹夫之暴，失大臣之体，违朝廷之法，立私门之威。若女使果为阿张所杀，自当擒付所司，以正典刑，岂宜不恤人言，公为之庇。夫正家而天下定，前训有之。执中家不克正，而又伤害无辜，欲以此道居疑丞之任，陛下倚之而望天下之治定，是犹却行而求前，何可得也。顷中晏殊尝以笏击从人齿落。陛下不以殊东宫之旧，而轻天下之法，故即时罢殊枢密院，出知应天府。今执中连绵病告，坚求乞骸，进无忠勤，退失家节。伏望陛下特赐宸断，允其所请，罢免相位。台鼎瞻望之地，宜择有贤德宰相，朝夕翊亮大政，则陛下垂拱仰成，无焦劳之念矣。臣不胜区区、为国纳忠之至。

奏状乞勘鞫潭州官员分买客人珠子十二月二十六日

臣窃闻昨有广州姓戢客人一名，至潭州身死，随行有珠子约重五斤，元计价钱三千余贯。却是知州任颛及本路转运判官李章并潭州官员等，只估作四百余贯，分买入已。后来客人本家，经三司陈论，本司行遣追索到上件珠子讫。所可骇者亏价违条，买珠犯罪之人，各已转官移任，即不委所司，将此一件公事，拖延一年。如何至今，尚未见根鞫结绝。臣欲乞圣慈特赐指挥，严切催促，勘断施行，以警贪狠之吏。下湖南提刑司差官取勘。

奏状乞罢周豫召试馆职

臣窃闻召周豫试充馆职，缘豫素乏时才，兼无士誉。在大名幕府，日以阿谀昵狎，结人之知。故宰臣陈执中，因而举奏。夫朝廷待才用之地，馆阁是清要之局。凡预选者，号为登瀛。苟非其人，则公议不许。伏望陛下特赐宸断，罢豫恩命，以破邪佞之党，激知耻之风。

奏状乞差替齐廓勘劾宰臣陈执中家杖杀女使至和二年正月一日

臣伏闻已差太常少卿直史馆齐廓勘宰臣陈执中家杖杀女使，本宅勾当人申报迎儿逃走、病死不同等。缘廓近患心脏不安，至今尚未痊损。推辨冤狱，须藉得人。臣愚欲望圣慈特赐指挥于台省，或常参官中别选刚正强明、有心力臣寮一员，差替齐廓勘劾。所贵得见人命归着，人情不偏。改差张昇勘。

奏疏论灾异乞择相正月二十一日

臣伏见自去年五月以来，妖星递见，仅及周稔，至今光耀未退。此谷永所谓"驰骋骤步，芒焰长短"，所历奸犯，其为谪变，甚可畏也。又去冬连今春，京东西路，及陕右川蜀诸郡，旱暵不雨，麦苗焦死，民既艰食，寇攘必兴。此京房所谓"欲德不用兹谓张，厥灾荒"，其为灾沴，复可惧也。迩来岠嵎山谷，惊裂有声。他郡数处，地亦震动。此伯阳所谓"阳伏而不能出，阴迫而不能升"，盖土失其性，其为灾异，益可骇也。夫燮调阴阳者，三公之职。天戒若曰，陛下左右辅弼，当得忠贤刚正之人为之，乃可以召至和之气，消未萌之祸。不然，何以妖星谪变也，旱暵灾沴也，地震祥异也，三者咎应粲明如是之著耶？臣愚伏望陛下谨天之戒，应天以实，取天下公议，与天下瞻望之所谓贤人君子者陟之，使居庙堂之上，责以三公四辅之事业，委注而仰成之。若然，则阴阳以和，灾异以消，朝廷清明，边境畏服。太平之风，可翘足引领而待之也。臣朝夕思虑，载惟择贤命相，系国家休戚治乱之本，伏望陛下慎重之。然后发圣断，力行而不疑，则宗庙社稷之福，天下生灵之幸。臣无任竭节纳忠、待罪屏营之至。

奏状乞一就推究陈执中家女使海棠非理致命

臣窃见近者宰臣陈执中家杖杀女使迎儿事，见于嘉庆院勘劾次。今又闻执中家有女使海棠一名，亦是非理致命。今月八日，已系开封府差官检覆，本人身上棰决痕损不少。道涂喧传，尽云因执中家嬖人阿张凌虐致死，然则臧获虽贱，其如性命非轻，当与辨明，以伸冤滥。臣职在弹举，不敢循默，以孤朝廷耳目之任。伏望圣慈特赐指挥，下嘉庆院制勘所，一就推究海棠身死不明公事，亦所以示陛下明圣仁恕、不欲使一物失所之意也。天下幸甚。

奏状乞下陈执中发遣干连人

臣窃闻嘉庆院推勘公事，勾追照证厮役等辈，宰臣陈执中公然占据，不即发遣。缘诏狱之设，朝廷所以示无私于中外。今若不摄干连之人，执证照据，则法不得立，事不得明，冤不得伸，情不得尽。若然，则不独曲挠国政，亦何以表至公于天下也？臣愚欲伏望陛下特赐指挥，下陈执中，凡制勘所勾追合要照证干连人等，须得画时发遣应付，责免淹延诏狱，腾沸人言[①]。

奏状乞正陈执中之罪

臣近累次弹奏陈执中家杖杀女使迎儿，并海棠自缢别有痕伤不明，及家声狼籍，屡在假告，占据奴隶，违拒诏狱等，未蒙指挥施行。今窃闻制勘院更

---

① "人言"二字，刻成双行小字，盖简省行格。

不依条追摄合要照证人，便乃只据单词，隐忍而罢，不顾公议，但酬私恩，遂使众口沸腾，攸司举驳。且法者，祖宗之所继承，朝廷之所遵守，小足以律愆谬，大足以摧奸邪，用是以澄天下者久矣。伏惟陛下以仁圣临御，不宜不慎惜之也。今执中身为辅弼，手持权衡，很愎任情，杀虐无罪。始则得请制狱，即差近臣；终则党占厮役，遂尔中辍。奈何执中以一身之私，恃陛下之节，负陛下之寄，屈祖宗继承、朝廷遵守之法，可不念哉！可不痛哉！万一此后权臣复有犯法者，虽欲穷究推劾之，设若引以为例，则临时如何处置？法不得立，自今日始矣。臣愚伏望陛下发乾刚，出圣断，正执中之罪，决中外之疑，示天下之法，不为柄用之臣所屈挠也。至如执中，不学无术，措置颠倒，引用邪佞，招延卜祝，私雠嫌隙，排斥良善，此等事则天下之所共闻，陛下之所洞晓。臣固不敢一一条奏，虑烦宸聪。臣孤危之迹，待罪宪府，不识权要之难犯，不知刑祸之易招，惟意乃心报陛下之恩，一有补于朝廷，虽死无悔。臣无任恳迫屏营之至。

奏疏乞罢免陈执中 二月十二日

臣近累次弹奏宰臣陈执中兴废制狱，乞正其罪。尝言执中不学亡术，措置颠倒，引用邪佞，招延卜祝，私雠嫌隙，排斥良善，很愎任情，家声狼籍之事。伏恐陛下犹以臣言为虚，至今多日未赐省纳。臣若不概举一二，明白条陈，即是臣自为安全苟且之计，既负陛下耳目澄察之任，又得宪台瘝官失职之罪，故臣偷生惜死，不忍为也。臣尝谓执中不学亡术者，辅弼之任，须通古今，寡识少文，则取消中外。至如去年春正以后，制度礼法，率多非宜，盖执中不知典故，惟务阿谀，荧惑宸聪，败坏国体。又祖宗朝除翰林学士，素有定制，岂宜过多？今执中既不师古，又不询访博识之士，惟愚暗自用，遂除至七员。此执中空疏、宜罢免者一也。臣尝谓执中措置颠倒者，朝廷差除，动守规范。执中赏罚在手，率意卷筒。至如刘湜自江宁府移知广州，最处烟瘴重难之地，而溷被命远行，待制之职仍旧。及向傅式自南京移知江宁府，既是优安近便之任，乃转傅式龙图阁直学士。又吴充、鞠真卿摘发礼院礼生代署文字等事，人吏则赎金免决，吴充、鞠真卿并降军垒。此执中缪戾、宜罢免者二也。臣尝谓执中引用邪佞者，中外委寄，当择贤才，馆阁清官，岂容恰巧？而执中树恩私党，不顾公议，至如崔峄非次除给事中，移知郑州。郑州寻罢，而给事中不夺，所以今来峄治执中之狱，依违中罢，以酬私恩。又执中尝寄嬖人于周豫之家，而豫奸诡，受知执中，遂举豫召试馆职。此执中朋附、宜罢免者三也。臣尝谓执中招延卜祝者，夫宰辅事业，圣君倚毗，宜为国家广纳贤善，而执中之门，未尝待一俊杰，礼一才能，所与器者苗达、刘扑、刘希曳之徒，所预坐者普元、李宁、程惟象之辈，奈何处台鼎之重，测候灾变，穷占吉凶，意将奚为，众所共骇。此执中颇僻、宜罢免者四也。臣尝谓执中私雠嫌隙者，攸司之法，天下公共，执中轻重出己，喜怒任权。至如邵必知常州日，讹误决人徒刑，既自举觉，复会赦宥。又该去官迁官，执中素所恶必，乃罢必开封府推官，落馆职，降充邵武军监当。后来有汀州石民英勘人使臣犯赃，杖背黥面，配广南牢城。本家诉雪，悉是虚枉，却只降民英差遣。以邵必比之民英，则民英所犯绝重，而断罪遂轻。邵必所犯绝轻，而断罪反重。缙绅议论至此，无不嗟愤扼腕。此执中舞法、宜罢免者五也。臣尝谓执中排斥良善者，夫正人谠议，邦家之光。执中阴险中伤，欲人杜口结舌。吕景初、马遵、吴中复弹奏梁适，适既得罪，出知郑州。吕景初辈随又逐去，有行行及我之语，冯京疏言吴充、鞠真卿、刁约不当以无罪外黜，充等寻押发出门，又落冯京修起居注，使朝廷有罪忠拒谏之名者，由执中也。士夫喧哗，于今未息。此执中嫉贤、宜罢免者六也。臣尝谓执中很愎任情者，夫仁泽之及，昆虫不遗。自陛下仁圣临御三十余年，常恐一物失所。而执中人臣之家，恣行虐害，虽臧获甚贱，亦性命不轻，如女使迎儿，才十三岁，既累行捶挞，从嬖人阿张之言，穷冬裸体，封缚手腕，绝其饮食，幽囚扃锁，遂致毙踣。又海棠一名，因阿张打决逼胁，遍身痕伤，既而自缢身死。后来又女使一名，髡发杖背，自经不殊，亦系开封府施行。凡一月之内，残忍事发者三名，前后幽冤闭固不少，因而兴狱，寻自罢之。厚颜复来，无所畏惮。三尺童子，亦悉鄙诮。此执中酷虐、宜罢免者七也。臣尝谓执中家声狼籍者，夫正家刑国，明哲所为，非礼能言，古今共耻。执中帷薄丑秽，门梱混淆，放纵嬖人，信任胥吏，而又身贵室富，藏镪巨万，视姻族辈如行路人，虽甚贫窭，不一毫赈恤，缙绅语及，共所赧惭，道途喧传，相与嗟叹。此执中鄙恶、宜罢免者八也。今执中有是可罢免八者，奈何不识廉耻，复欲居庙堂之上，其意非他，是欲恩所未恩，雠所未雠，上损仁明，下快私忿而然尔。方今天文谪见未退，朝廷纪纲未立，财用匮乏，官师众多，虏骄无厌，河决未复，兵伍冗惰，民力疲敝，当此之时，正是陛下进贤、退不肖之时也。臣不胜大愿，愿陛下留神，为祖宗社稷计，为率土生灵计，正执中之罪，早赐降黜，取中外公论，天下之所谓贤而有德业者，陟在公台之位，委以股肱心腹之寄，同德一体，谟猷出纳，布号令，宣风化，俾四方元元，洗耳拭目，闻见太平之政，岂不善哉！岂不盛哉！臣非不知循默顾避、谀佞迎合者，速致富贵；危言犯颜、干忤权要者，立被投窜。臣所念者，为身计则狂，为国计则忠，不愧古人之所用心，不辜陛下之所任使。干冒旒冕，甘俟诛戮。臣无任待罪激切屏营之至。诏邵必复职，知高邮军。吴充、鞠真卿、刁约、吕景初、马遵召还。冯京候修注有阙。吴中复候台官阙牵复。

奏札乞省览弹陈执中疏 二月十三日

臣昨日拜疏，条奏宰臣陈执中可罢免者八事。臣待罪宪府、不避诛窜者，惟欲死节举职论，报主恩也。伏以万机至繁，朝廷至重，宗庙至大，生灵至广。故辅相之任，系国家休戚，得其人则天下安，不得其人则天下危矣。伏望陛下留神注意，将臣所弹奏封章，省览数四，然后特赐圣旨，指挥施行，则中外幸甚。臣无任恳迫屏营之至。

奏状乞禁断李清等经社二月十三日

臣窃闻近日京城中有游惰不逞之辈，百姓李清等私自结集，至二三百人，夜聚晓散，以诵佛为名，民间号曰经社。此风既盛，则惑众生事，如昔年金刚禅、二会子之类。伏乞圣旨指挥，下开封府严行禁断，以杜绝妖妄。下开封府禁断。

奏状论范镇营救陈执中二月十六日

臣近累次弹奏，乞正宰臣陈执中之罪，未蒙施行。风闻同知谏院范镇，妄行陈奏，营救执中。缘镇始自常调，不次迁升，小人朋邪，不识恩出陛下，但知率由执中。今乃惑蔽听断，肆为诬罔。伏望陛下开日月之明，判忠邪之路，取内外之公议，立朝廷之大法，则天下幸甚。

赵清献公文集卷第七

奏 议

奏状论王拱辰等入国狂醉乞行黜降

臣风闻充契丹国信使副王拱辰、宋选、李珣、王士全等，昨至靴甸，赴北朝筵会，深夜狂醉，喧酗无状，或执伴使之手，或拍同人之肩，或联嘲谑之诗，或肆市廛之语，侪侣惊怪，道涂沸腾。伏缘南北通和，五十余载，修盟讲好，理宜得人。在先朝时，常所丁宁慎柬。迩来国家命使绝域，因循率易，或曲顺颜面，或俯从请祷，或资序轮及，或私恩推置。至于中禁王言未出，往往外人屈指预知，欲使行者专对称职，莫可得也。今拱辰等为君命之辱，亏皇华之仪，遂俾远戎之邦，有轻中国之意。万一观我衅隙，失其欢心，则损体固多，生事不细。伏望陛下特赐宸断，以拱辰等罪戾，严行黜降。仍乞此后，凡差入国泊馆接使副，并委中书密院，精加选择有才识履行臣僚前去，免误朝廷事体，中外幸甚。

奏状论王拱辰入国辱命乞行黜降

臣近弹奏王拱辰等入国奉使，失礼辱命，乞行降黜事。今来宋选等已系断遣外，惟拱辰等横使回来，饰非妄语，矫诈百端，上惑宸聪，苟免罪戾。臣以为拱辰之罪，尤不可恕者有三：拱辰身为报聘之使，未致君命，日路由靴淀，却赴北朝钱送，选离筵坐位例置，宾主不分，自取京酲，痛饮深夜，遂致宋选、王士全等歌舞失仪，言词猥亵，盖因拱辰首为其非，此不可恕者一也；拱辰赴会至醉，既违宣卷，吟诗乃有"两朝信使休辞醉，皆得君王带笑看"之句，语同俳优，意涉讥刺，此不可恕者二也；又风闻拱辰到混同江赴筵日，辄当彼主，亲弹胡琴送酒之礼，不能再三避让，返自夸诧，最为非仪，此不可恕者三也。臣窃见近年以来，臣僚出使违礼得罪者，如王琪遇疾狂乱，余靖作蕃语诗，刘沆闭门辞醉，韩综劝虏主酒，而陛下皆能以法黜之。今若以拱辰等辱命之甚，用王琪等事体较之，则拱辰为重。臣愚伏望陛下，勿以拱辰为官尊，而屈朝廷之大法，失惩劝之深旨。不然，则而今而后，复有入国臣僚，辱命失礼，奸纤巧诈，甚于拱辰者，不知朝廷如何处之。旬日以来，道涂汹汹，人情不平。愿陛下特发宸断，正拱辰之罪，严行黜降，以合中外之公议。幸甚幸甚。

奏疏论两府庇盖王拱辰

臣近两次弹奏，乞正王拱辰充横使辱命违礼之罪，未蒙指挥施行，中外沸腾，无不扼腕切齿者。盖谓国家赏罚大柄，不由陛下之所出，不由朝廷之所守，只由两府爱恶喜怒，上下轻重之。要出者，虽无罪，即遂黜去；要全者，虽有元恶大过，亦从而全之。今来拱辰入国，路经靴淀，只着窄衣，赴北朝。饯宋选御筵，以随行京酒换去虏酒，痛饮无算，深夜喧酗，坐位失序，客主不分。又席上联句，用唐朝杨妃芍药诗语，谑浪信使，致令虏中有"王万年""王见喜"之号。到混同江日，辄当虏主，亲弹胡琴送酒之礼。及授北朝中书札子，侥求私书，求本朝为救解谋身之计。夫为人臣，衔命出使，外交敌国，阴结权要，诈伪百端。以拱辰上项罪状，外议以为可诛，而朝廷赦而不问者，此两府有臣僚爱拱辰而庇之也。至如吴奎只是路中着窄衣，见虏使，以比拱辰着窄衣赴御筵，则奎罪为轻，拱辰罪为重。又奎至虏庭，不入班贺虏主加尊号，此虽有过，乃是不辱君命，能守臣节，为本朝光华之事。今若比拱辰当虏主亲弹胡琴送酒之礼，乃是损体生事，辱君之甚，拱辰之罪大且私而邪也，奎之罪微且公而正也。今以奎上件罪状，外议以为可恕，而朝廷既罚奎金，又降奎知寿州者，此两府中有臣僚恶奎而逐之也。故爱之者，非理庇之；恶之者，非理逐之。不恤人言，不顾邦典。天下闻之，谁不扼腕，谁不切齿？扼腕切齿之不已，臣恐非朝廷之福。顷年韩综劝彼主一杯酒，寻得罪落职，降知许州。去年泛使来朝，乃欲引综例，上皇帝寿觞。其时若非接引使杨察，答以曾黜综事排之，则势不得拒。前日拱辰当虏主亲弹胡琴送酒之礼，今后虏使来朝，欲扳以为例，如何拒之？臣恐自此生事转多，损体愈甚。率由拱辰辱命之罪大且私而邪也。臣晓夕思之，为之寒心。伏愿陛下以臣此疏宣中书密院臣僚，先且诘问，如何屈法盖庇拱辰所犯因依，然后特出宸断，正拱辰之罪而降黜之，以快天下切齿扼腕者之心，又得以为今后拒虏使扳例之语，则中外幸甚。

奏状乞宣王拱辰语录付御史台

臣近弹奏王拱辰入国辱命之事，乞正其罪，至今多日未蒙施行。中外人言，日益喧沸，皆谓朝廷用法偏党，有同罪异罚之过。又况昨来宋选等所得罪犯，并是拱辰为首。其间又有甚者焉。今窃闻拱辰使回，于随行语录中增减矫饰，诈伪不少，与御史台昨来所勘宋选等案节事状不同，上惑宸聪，苟免诛责。臣愚欲乞圣旨指挥，下两府将拱辰入国随行语录，并别录等一宗文字，宣付御史台，与昨来宋选等公案一处，照验比对，便见拱辰灼然虚实事状。如果有诬罔之罪，伏望圣断，早赐降黜指挥，以示朝廷至公也。

奏状乞赈救流移之民

臣窃闻旬日以来，大段有府界，并河北京东路流移之民，入京城乞丐，或假途以过，扶老携幼，累累满街，艰困饿殍，深可伤悯。伏望朝廷特赐指挥，多方擘画，存恤赈救，免致失所之后，聚为贼盗，亦所以固邦本也。下开封府救济。

奏状乞不罪王起

臣伏睹中书札子，奏圣旨下御史台，根勘太常博士秘阁校理王起虚妄上言，定州便会掷砖瓦等事，见追禁鞫问次。臣尝闻太宗皇帝朝，有雍丘县尉武程上疏，愿减后宫嫔嫱。太宗谓宰臣曰："武程，疏远小臣，不知宫闱中事，内庭给使不过三百人，皆有掌执，不可去者。卿等固合知之。"时李昉奏武程妄陈狂瞽，宜行黜削以惩之。太宗曰："朕曷尝以言罪人，但念其不知耳。"终不之罪。今起志在忧国，用心无他，若缘此获谴，臣恐中外臣僚，人人缄默，虽有机密急速大事，谁敢复措一词？言路榛塞，由此始矣。伏望陛下上念太宗皇帝不罪言事者之诚，恕起之罪，以广睿听，有益圣仁。若然，则尧采诽谤，舜达听明，禹拜昌言，汉诏不讳，不独称美于前世矣。臣无任恳祷、激切屏营之至。

诏王起该御史决放。

奏札再乞罢免陈执中相位四月二十八日

臣昨自二月十三日以前，累上章疏，乞正宰臣陈执中之罪，又条奏执中可罢免者八事。伏蒙陛下省纳开窾，宣付政府施行，执中退处私第，不赴朝请，前后两月。虽两次大宴，并乾元圣节，亦免上寿赴会。外议以为陛下体貌大臣，虽执中罪恶彰著，不即降黜，是欲使全而退之。故臣不敢再三论列，惧成喋喋，烦黩宸听也。此月二十二日，执中遽然趋朝，再入中书供职如旧。中外惊骇，未测圣情。臣虽至愚，不能无惑。臣固不知陛下以臣向来之言，为是耶，为非耶？复不知陛下以执中之罪，为有耶，为无耶？陛下若以臣言为是，而以执中为有罪，即乞陛下早正朝廷之法，而罢免相位，以从天下之公议。今陛下若以臣言为非，而以执中为无罪，亦乞陛下正朝廷之法，而窜臣远方，宣布中外，以诫后来臣孤危朴忠，不识忌讳。伏望陛下将臣前来累上章疏，再赐观览，则臣之言是与非，执中之罪有与无，岂逃圣断也。臣无任昧死待罪、激切屏营之至。

奏状论久旱乞行雩祀四月三十日

臣窃见自去冬今春夏以来，京东、河北连接畿甸，不雨既久，麦苗焦死，物价涌贵。秋田复无所望，流民饿莩，充满道路，亢旱已甚，疫疠渐兴。人心仿徨，忧畏不宁。臣愚伏望陛下悯兹元元，特赐圣旨，下有司，依古雩祀之法，并天地、宗庙、社稷、五岳、四渎，分命臣僚，精加祈祷，下修人事，上应天心，庶几早降雨泽，变沴气为和风，则天下幸甚。

奏状乞浙郡五月八日

臣本以疏愚，误蒙甄采，耳目之任，图力报于主恩；肝胆尽披，觊死输于臣节。不敢避权豪之盛，不敢逃刑祸之来，每念忠言之深，曷虞狂态之发。然而莛菲之下不足取，刍荛之贱不足收，于宪署之风无所增，于朝廷之政无所益。且钳口结舌，岂臣一日之忍为；而尸禄素餐，在臣终身之可愧。不慕君子之易退，实妨贤者之后来。伏惟陛下天符至仁，日不私照，恕臣不职之罪，察臣无他之心。假之一麾，俾去二浙，以适山野之性，以便松楸之私。下塞人言，上荷君惠，干冒旒冕，臣无任祈天望圣，激切待罪屏营之至。

奏状乞移司勘结三司人吏犯赃五月十日

臣窃闻三司副使李参发摘手分等，减落条贯，枉法取受容人财物，支出官钱不少，见系府司勘鞫。伏缘方今财用匮乏，日益不易，三司掌天下利柄，人吏公然作过，上下蒙昧，隐盗官物，其因事发觉者，百无一二。若不尽情穷究，何由革去欺弊？今来狱事未毕，李参又系差出，其余三司官员，多有干碍，务欲小了，则勘司谁肯执守？臣愚伏望陛下特赐指挥，将上件公事，移司别行根勘，或乞专委开封府，一面依公推鞫，结绝所贵，奸赃得情，法不屈挠。移送开封府重勘。

奏状乞取问王拱辰进纳赃珠五月十二日

臣昨弹奏潭州官员违条亏价分买身死客人戢舜中真珠不公事件，蒙下湖南提刑司行遣。今窃知系差郴州通判成文基取勘，结案申奏，全然卤莽不圆。除勘到钤辖宋定、运判李章、知益阳县左振分买外，有走马蓝惟永、监税赵寅、判官黄宋卿即未见归着。今来外议，皆以为潭州官员买珠子，自李章等人人各只分得十二三两以下，因甚独有左振一名，买及三十四两，却不见知州任颛元买数目，必虑任颛从初只作左振名目收买。今来事发之后，左振为任颛有举辟之恩，便乃一面承认。又湖南勘司并不根究元初潭州低估真珠价例情弊。况戢子乔陈状，父舜中元于广州用钱一千余贯，买到上件珠子，只自广至潭，又入京师，其价已须两倍。其潭州只估作四百二十余贯，俱是当职官员分买。若果是珠价不亏，官司因何并无本处公人百姓，买得一星一两，显见大段亏损官钱，事理明白。今湖南勘司，略不申明，重行估赃定罪，便即依违结绝。兼闻去年十月中，于潭州先取到官员名下，所买真珠四十三两，并皆圆熟奇好，况有罪之人，未经勘断，即不知三司使王拱辰便将上件珠子，非次牒送入内，供奉廖浩然进呈御前留住。上玷圣主恭俭之德，遂致今来湖南勘司，一向希旨中罢。又无元珠估赃定罪，此固无他，盖拱辰为因蓝惟永是入内都知之子，李章是宰臣陈执中之婿，结托权要，弃公徇私，阴为贪狠之地，以紊朝廷之法。诬罔公方，中外嗟骇。臣愚欲乞陛下严降圣旨，指挥取问拱辰，何故将未经勘断罪人赃珠，先次进纳情由。因依然后自朝中，别选差清强臣僚，置院勘劾潭州官员买珠的实，缘由案状，计赃议罪，虽经赦宥，乞不原免。或乞出自宸断特赐，酌情贬黜施行，以戒天下黩货之人，以劝天下洁身之士。如此则廉夫勉，而贪夫惧也。

送审刑院。

奏状乞检会前状乞浙郡五月十五日

臣近尝浼黩天威，陈乞外任差遣。至今多日，未闻俞旨。朝夕俟命，如履冰谷。载念臣品迹疏远，姿性蠢愚，若夫尽忠立朝，则虽死可也。必令嗫口废职，则厚颜安乎？进非宜，退得宜，实公议之见迫；舍无益，就有益，乃臣分之当然。臣备员宪台，仅及周稔，狂瞽之说，屡干宸听。言不切至，不能感寤上意；识不通敏，不能裨补圣时。不能退一奸谀之人，不能进一贤善之士。问臣之职，则号为台官；责臣事业，则于朝廷无毫发之益。尸禄蒙耻，日甚一日，虽陛下至仁大度，不即正臣之罪，逐臣于远方，以谢天下，而臣施何面目，尚复苟容，以见中外士大夫哉！若陛下允臣所请，赐臣一郡，则臣虽至愚，尚得勉励驽缓，使千里按堵，远俗不失其所。臣之区区，不敢自谓无益于朝廷也。臣详思之，陛下用臣于风宪之无益，不若俾臣外补为有益也较然矣。伏惟陛下尧舜其心，恕臣罪戾，欲望检会臣前状，乞两浙一知州差遣，早赐圣旨指挥，臣亦得以省先墓，聚孤遗，死生幸甚。臣无任惶惧、激切屏营之至。

奏状乞早赐浙郡指挥五月二十一日

臣素无特才，误中台选，徒尸廪禄，何益朝廷。烦言已多，公议弗许。两陈奏牍，期得远邦。盖出私识，固非饰诈。重念臣松楸感怆，久去于越故乡，兄弟孤遗，尚寄居于他族，未蒙允请，深不遑宁。伏望陛下体臣穷厄，察臣恳迫，使犬马之微不失所，则乾坤之惠，何敢忘？臣所乞两浙一知州任使，早赐圣旨指挥，干浼天听。臣无任俟命恐惧、激切屏营之至。

奏状引诏书再论陈执中五月二十八日

臣伏睹近降诏书，有尸言责者，或失于至当之语。臣以谓自朝廷至举天下，自辅相至百执事，孰为忠义？孰为奸邪？孰为贤正？孰为欺诈？陛下念尧舜知人之难，欲别白真伪而进退之，莫若取中外之公议。欲闻中外之公议，莫若信风宪之直言。故德音丁宁，遽然下诏。今御史台陛下耳目之司，当是职者，既能言之，又不失其当，则陛下固宜听之不疑，断之不惑，听断之必行焉。虽朝廷至举天下，虽辅相至百执事，某忠义，某奸邪，某贤正，某欺诈，无所逃遁，莫不悉知之矣。知忠义贤正，既进任之；知奸邪欺诈，既退黜之。夫如是，则天子尊而天下安矣。伏惟圣宋基业仅百年，祖宗继承，使纲纪不破坏者，有礼法而已。扶树礼法而不破坏者，有宰相而已。今宰臣陈执中居庙堂之上，自去年春正以来，处置大事，违越典故，先意希旨，动是乖缪，身为大臣，既破朝廷之礼，而私门之内，信纵嬖人，杀虐无罪。陈乞置狱，复自废之。情涉诬罔，托疾归第。不赴大宴，不赴圣节上寿，一旦昂然复入中书，殊无廉耻，不恤人言，身为大臣，而又坏朝廷之法。宰相既破礼，又坏法，御史不言之不可也。御史之言，既无不当，陛下不断之不可也。臣昨二月中，已曾疏奏执中可罢免者八事，臣自省臣之言无不当也。陛下前日之诏，谓言之失当者，固已敕戒之矣。若言之无不当者，愿陛下听之于不疑，断之于不惑。其朋附执中之人，救解荧惑之偏说，不足信也。臣愚伏望早赐宸断，正执中之罪，复朝廷之礼法，振中外之纪纲，念祖宗继承之艰难，广社稷百年之基业，天子得以尊，天下得以安，亦以示诏书之出，不徒然也。臣无任恳切屏营之至。

奏状乞早罢免陈执中六月一日

臣窃以宰相之任，赏罚之柄，出乎其手，能祸人，能福人。当世庸常之人，既惧祸，又邀福，多附会而迎承之。宰相有罪恶彰露，迹状狼籍，谏官不论列，御史不抨弹，天子不得闻，下情不得通，积日持久，天下之势危矣。昨以宰臣陈执中很愎昏暗，诋诬欺罔，破坏礼法，侮弄朝廷。臣职忝御史，以身许国，极口论列，累章抨弹，不敢阿容执中而上负陛下者，诚恐陛下不得闻执中之罪，而外庭庸常之人，又多附会迎承之者。如此积日持久，使天下之势危，则臣之为罪，虽伏斧锧不足偿其默默也。伏望陛下纳忠荩谠直之言，辟奸佞荧惑之说，特赐早发宸断，正执中之罪而罢免之，则圣德愈隆，公议大协，庆流宗社，福蒙生民。臣无任恳迫激切之至。

奏状乞勿令欧阳修等去职六月三日

臣伏以天子南面之尊，左右前后，须得正人贤士，为之羽翼。朝廷有大赏罚，可以询访；有大阙失，可以裨益；有大急难，可以谋议；有大礼法，可以质正。窃见近日以来，所谓正人贤士者，纷纷引去，朝廷奈何自剪除羽翼，臣未见其能致远也。忧国之人，莫不为之寒心。如吕溱知徐州，蔡襄知泉州，吴奎被黜知寿州，韩绛知河阳府，此皆众所共惜其去。又闻欧阳修乞知蔡州，贾黯乞知荆南府。侍从之贤，如修辈无几，今坚欲请郡者非他，盖杰然正色立朝，既不能曲奉权要，而乃日虞中伤，皆欲援溱、襄、奎、绛而去耳。今陛下又从其请而外补之。臣恐非朝廷之福，朝廷万一有缓急事，则陛下何从而询访也，何从而裨益也，何从而谋议也，何从而质正也，所失既多，虽悔何及。《诗》不云乎，"济济多士，文王以宁"，此谓文王虽大圣人，得居尊安宁者，盖在朝多贤哲之士而致之然也。臣愚伏望陛下鉴古于今，勿使修等去职，留为羽翼，以自辅助，则中外幸甚。臣无任恳切纳忠之至。诏修、黯各令依旧供职。

奏状论皇亲非次转官六月八日

臣等伏睹近日皇亲非次建节移镇，迁官增禄，几二十人。道涂喧传，不测恩命之所自出。臣愚伏望陛下稽考祖宗故事，杜绝侥幸之路。特赐圣旨裁损，无令外议有宗室滥赏之名，亦《诗》所谓"至于兄弟，以御于家邦"之义也。

诏令止皇亲。

奏状乞夺免王拱辰宣徽使六月十七日

臣伏以宣徽使旧是前两府，或见任节度使，有勋劳者所除之职，近侍之臣，未尝轻授。又况无功有罪如王拱辰者乎？拱辰前知并州，姑息兵士，民心不安，与僚属亵狎，复侥求恩命。又近充外使，多言生事，醉酒作诗，违礼辱命。充三司使举豪民赃吏，附结中宫，进纳罪人，未断真珠，庇盖司属，枉法重罪，纤邪巧进，人人尽知，风宪累曾抨弹，中外日望废黜，朝廷奈何不责其无功，不正其有罪，忽然平除使额，何以激劝缙绅？伏自近日，陛下独奋宸断，差除臣僚，外议无不称颂圣政之美。惟是拱辰一名，拜宣徽使，判并州，但有口者，皆云未当。臣愚伏望睿旨特赐指挥，夺免拱辰新命，别与一散郡差遣，俾退而思过，则公论大协。

奏札乞早赐夺免王拱辰宣徽使六月二十一日

臣近弹奏王拱辰授宣徽使、判并州不当，未蒙指挥施行。夫名器假人，则重朝廷之过；赏罚不中，则轻人主之权。拱辰之为人，天下知其奸佞。昔时托走马内臣，侥求霞帔之命。因亲情薛氏乞内降住京，恩泽旧掌计司，以举豪民郑旭，得罪被黜。前任并帅与僚属猥亵无状代还。自去年授尚书左丞，充三司使，至今才及八九月，未闻尺寸劳效，乃有无限愆过。其间迹状尤著者，入国一事，大辱君命，中路赴饯宋选筵会，醉中吟乖恶诗篇，既当虏主弹胡琴送酒之礼，又有兄弟传位之语，乃云用间夷狄，饰非矫诈，无所不至。至于计会廖皓然进纳未断死客真珠，庇盖三司人吏丘岳，枉法重罪，举犯赃张可久监万盈仓，人言已喧，不自引咎避职，却将三司合举官监当去处，尽底乞送审官差除。今外议以为拱辰之罪，狼籍如此，朝廷固宜夺去左丞之官，降出不齿，以戒励中外，奈何复除宣徽使，再判并州。道涂喧哗，天下惊怪。臣愚复谓无情公议，是是非非，只如前日陛下独断命相，并差除近臣，自缙绅至流俗，颂咏陛下仁明刚健之德，其声朝出大庭，夕满四海，盖以为至公至当。只是拱辰一命，即大以为不然，前所谓无情公议，是是非非，不得不取以为信也。伏望陛下勿听左右荧惑救解之说，早赐圣旨，夺免拱辰宣徽使，仍别与一差遣使，群言稍息，则圣政益新也。臣无任纳忠待罪之至。

奏状再乞追还王拱辰宣徽使新命六月二十五日

臣近累次弹奏王拱辰，乞正其罪，并寝夺恩命。却闻改判永兴军，仍旧宣徽使。中外喧喧，莫不愤叹。缘拱辰先所临莅，未尝立微功。凡所趋向，惟是作显过，贪官急进，不识廉耻，朋附权要，昵狎小人，天下知拱辰奸邪可诛，而朝廷用之不衰；天下指拱辰罪戾为可废，而朝廷擢之不次。赏罚如此颠倒，善恶何由激劝。又况宣徽使自祖宗朝班，在参知政事、枢密副使之上，至道中方命次其下，乃只置两员，皆以有勋德名臣充之。惟近年张尧佐用内戚，恩幸以授，亦曾先作节度使。盖初夺而后与，清论犹或非之。今拱辰非勋非戚，加之过恶彰灼，外议薄之，而又甚于尧佐矣。拱辰不复坚让，遂欲攘窃以去，既重拱辰之罪；朝廷不复夺免，遂开侥幸之路，又彰朝廷之失。授受之际，二俱不可。臣愚伏望陛下特赐英断，追还拱辰宣徽使新命，无使人言不息，上累聪明。臣无任恳迫激切之至。

奏状再乞追寝王拱辰宣徽使新命七月二日

臣等官忝御史，当得言之地。睹朝廷有大除拜，倒置失次，前后弹奏，未蒙允从。臣等若因而默默，置朝廷于阙失，则辜负陛下任使之意，宜得失职之罪。今是以不避斧锧，而三浼黩宸聪也。夫赏善刑恶，国家之重权；陟明黜幽，人主之大柄。如王拱辰，凡百趋向，莫非奸邪，自外庭使回，罪状居首，吴奎辈例皆贬降，惟拱辰不动如山。外议以为陛下至公，必不庇拱辰，而执政臣僚极力庇之。拱辰恶不被刑，幽不被黜，人心悒悒，至今未平，奈何纷纷之际，忽除宣徽使、判并州。台谏极言非宜，朝廷止为易地，宣徽使名仍旧。拱辰不避羞耻而当之，阴窃营求，冒急辞谢，章疏论列不已。政府视之如无，外议皆以为陛下至公，必不私拱辰，而执政臣僚极力私之。拱辰无善授赏，不明而陟，万口一语，皆云不当。缘宣徽使职名太重，非曾任两府有勋绩者，不宜轻付。何况拱辰转尚书左丞、充三司使，才及半年，无劳效，有罪恶，辄敢当此缪恩乎？破祖宗之例，不可一也。损朝廷之体，不可二也。开侥幸之路，不可三也。拱辰授一宣徽使，犯三不可，陛下何惜不追夺拱辰之职，而使国家之重权、人主之大柄，下为执政臣僚所窃弄也。臣等为陛下惜之。伏望圣断，早赐指挥，追寝拱辰所授宣徽使新命，中外幸甚。

奏状乞罢内臣阎士良带御器械七月三日

臣等窃闻内臣阎士良已得指挥带御器械。伏睹前年中郭申锡上言，内臣旧制，须经边任五年，又带御器械五年，仍限五十岁以上，及历任无赃私罪，方预选充押班。寻闻陛下听纳，中外传播，以为得宜。盖欲得老成谨畏无过之人，在陛下左右。闻之密院，常令执守施行。今来诏墨未干，已闻除士良带御器械。窃以御带职名，将来多是承例叙迁押班，须是自御带之任，便须选老成谨畏无过之人。况士良为性狡黠，自来与中外大臣交相结托，久在河北，张皇事势，天下具知。及历任曾有赃罪至徒。今来密院，殊无执守，首紊著令。所有士良新命，乞赐寝罢，别择善良，以惩劝陛下左右之人。诏罢士良带御器械。

奏状再乞追夺王拱辰宣徽使七月四日

臣等近以王拱辰拜宣徽使、判并州，又移判永兴军，累次具状弹奏，乞落宣徽使，别与一职名，未蒙施行。窃以宣徽使，两府之任也，非有殊勋，安得除拜？臣等不敢远引体例，只以富弼言之。弼自枢密副使出知藩郡，盘桓数任，行将十年，历资政殿学士转大学士，又迁观文殿学士，方授宣徽使、判并州。如弼之宣力，又出自枢密府，恩命迟回，尚是如此。今拱辰适是有罪之人，朝廷未加黜责，而非次骤进，实害公议。又拱辰昨入虏境，醉酒吟诗，宾主亵狎，岂不为虏人之笑。今之还都，翻有此命，传诸邻国，将谓我朝大臣悉如拱辰者，适足取夷狄之轻。伏望陛下惜朝廷赏善罚恶之体，塞臣下纤邪侥幸之路，特发圣意，断于无疑，追拱辰宣徽之名，则中外幸甚。诏王拱辰降授端明殿学士兼侍讲知永兴军。

奏状乞寝罢酬奖监修开先殿官员 七月二十六日

臣伏见顷岁创造开先殿，当时勾当官员使臣例与迁转资序，颇为侥幸。曾未十载，即又摧损，岂惟国用虚费，抑见官赏之滥。今来再行修葺毕工，窃闻监修之官，复欲希求升进。朝廷岂宜不顾前失，苟为曲从，舍罪推恩，弊事滋长。臣愚伏望圣旨指挥，但系今来监修之人，所乞酬奖恩例，一切特赐寝罢，或乞量行赐与钱帛之属，亦足示优宠，以补微效也。诏等第赐缎绢。

奏状乞寝罢内臣修筑汴堤 八月一日

臣窃闻有内臣擘画，奏请于在京汴河两畔，增筑堤岸，大段高阔，以防决溢之患。见下三司相度，并系开封府县，东西排岸、八作、濠寨等司，检计施行次。近日自有此行遣以来，沿汴两边居民，户口非常，惊动骚扰，日夕汹汹。其贫者则曰："宫中果有必行之命，夺民之地，毁民之屋，则我辈离散狼狈，父子夫妇不能相保矣。"其富者则公行贿赂，百方请嘱，吏缘为奸，无所不至。夫河防为害，须顺其情性。在先朝时，岁岁开浚，就深通行。后数十年，泥滓涨淤，官司因循，以役民为重困；监辖侥幸，以省工得恩泽。今汴河之底，比于畴昔，已厚数丈，而汴河之堤，累年不起，今却视通衢，其堤高下，已与民居檐庑相等矣，复更欲如何增筑之耶？以臣愚见，莫若向去每年开淘不辍，使水性就下。汴底深浚，则灼然无横流之虞。京师沟渠积滞，因而使可流布通泄。设若不顺水性，暂图苟安，其筑愈高，其势愈危，既非国家经久之利，又有居民重迁之嗟。伏望陛下宸断，早赐圣旨指挥，直行寝罢，无使相度官吏尚持两端犹豫之说，而干系司局得以诛求计会为名，下以安民心，上以固邦体也。特罢堤岸。

奏状乞罢萧汝砺详议官 八月三日

臣等窃见秘书丞萧汝砺近举充审刑院详议官。窃缘汝砺前来充大理寺详断官，才转京官，后即请假归吉州，仅及一年，回来并不折除在假月日，却便换作检法官。今来审刑详议官苏寀满阙，系三月中，合举官充替。本院迟留，直俟汝砺转朝官并大理寺，将欲满任，至七月中方乃奏举替苏寀员阙，侥幸之甚，公论喧然。兼汝砺本家日近营起楼阁，多畜妓乐，延接权要子弟。昨自今春以来，外议即云详议官苏寀之阙，本院不别举人，必须候汝砺升朝，泊检法年满，方行奏荐。今既果如所料，即汝砺请求结托之迹，愈更明白。臣等伏望朝廷指挥，罢汝砺详议官之命，令本院别行公举，以塞浮竞弊幸之路。诏汝砺依前通判徽州。

奏状乞令供奉官周永正认姓追夺官资 八月二十一日

臣等近准枢密院札子指挥，下台追夺周永正争义男公事。臣等已酌详情状，系周永正年五岁时，有亲伯许荣及引领人李谦等，抱觅与周美为义男收养，分明乞行，改正永正本姓，并追夺官资家财，申奏去讫。臣等今再详案内事件，元系周永清进状，乞情愿分家财一半与永正。既永正明是义男，其永清岂肯更与资产？盖永清被永正凶横搅扰，聚首不得，以至并自己义男，悉皆首露，酌

213

其本意，岂是情愿？但永清不获已而言也。又永正一次走入妻兄入内供奉官任克明骨肉车子内，被克明陈论。据此永正乃是入内都知任守忠之婿，今来官司勘断，各有颜情，遂使开封府断永正之罪，正作义男，从凡人逾滥之科，所有官资家财，又却如亲子之法，并不追夺，始终乖异，岂公家一定之制？又周美以义男为亲男奏官，自是欺罔朝廷，妄冒条贯。今来彰败，被奏之人，岂有不行夺削之理？又永正于周美有自小鞠养之恩，作子奏荐，累授官资。周美既亡，未知所生，以父成服，而乃脱去缞绖，着抨金衣服卖父灵前，金带去倡家逾滥诸杂使用，伤教害义，礼法不容，及凶恶狼暴，累作过犯，虽朝廷指挥，时从窜贬，犹未塞责。今令归认本姓，已是宽假。伏乞陛下圣慈，早赐宸断，庶使物情为允，公论稍平。诏追夺周永正出身历任文字除名。

奏状乞定夺李熙辅该与不该牵复

臣等伏见度支郎中李熙辅顷任利州路转运使日，非理挟情，摘发知巴州杨佐不当降知商州，到商州又窨拾知洛南县席汝言不实等罪。又监司体量奏熙甫情理巨蠹，乞不原赦。奉圣旨差官充替，熙辅到阙，赴审官院。本院已榜示，合入监当差遣。近知熙辅进状，却更理会，未充替以前酬奖事件。今来窃闻得指挥，与堂除知州差遣。况熙辅为性很愎，累任有过，朝廷已行充替，到京逾年，未授监当间，一旦无故，便即直与牵复。况堂除名目，已是一重恩例，复更与知州差遣，以此外议不允。今欲乞指挥，将熙辅元犯充替一宗文字，送有司依公定夺。该与不该牵复，当与知州任使，以示公朝赏罚黜陟之不滥也。诏李熙辅与本处知州。

奏状乞寝罢李克忠充国信副使九月十一日

臣等伏闻已差内殿崇班、阁门祗候李克忠，充正旦北朝国信副使。外议皆谓克忠前后转官差遣，累由内降，本无才干，惟冀侥幸，今其出使疆外，深恐败事，如向时王士全辈之比，则玷辱君命，悔不可追。况今虏主新立，人情未安，专对之臣，愈宜精选，无使更往生事，贻朝廷忧。臣等伏望圣断指挥，寝罢克忠入国之命，别赐改差了事。武臣一员，前去充使。仍乞圣旨丁宁，今后所差北使，并须选择。上以副天圣元年之著令，下以叶中外之公议。诏李克忠罢入国之命。

奏状乞改差青郓二州安抚使六月二十八日

臣闻古之先见圣人，所以知几，预备不虞，治世图而无悔。朝廷之设外御，帅府之控重兵，不惟用政术，以安吾民；抑亦修武事，以制他寇。苟曰称职，则一方何忧；或非得人，则为国生事。伏见京东路青、郓二州知州，各带安抚使，其地控山并海，兵民一有失所，易为作过。近年悉差两制及前两府臣僚，以镇抚之。今曹佾知青州、李端懿知郓州，素匪勋旧，俱缘戚里，威名未著，势力且轻，万一属部有不测事宜，则人心动摇，何所倚赖？兼亦曾有台官上言，谓其不便。臣欲乞圣旨特赐检会，改差青、郓二州安抚使，选有才谋、经任使、两制以上臣僚充之，以安京东人心，亦先见预备之一端也。

奏札乞立定规除宣徽使并节度使九月二十八日

臣伏见近年朝廷非次除节度使、宣徽使，颇为烦数。窃以二者使额，在唐季则付与容易。属圣朝，则授与艰难。职任绝优，事权实重。臣僚设非勋旧名器，安可轻假？谓宜任重赏格，得以关防幸门，须有定规，庶裨至治。臣愚欲乞指挥，今后宣徽并节度使内，文臣须是曾历中书枢密院任用，加之德望，为人推服；武臣曾经边鄙，建立功业者，方许除拜，兼宣徽使元额，只是两员。至如使相之任，体貌尤重，更当慎惜，岂宜轻议？尝闻太祖皇帝朝，命曹彬收复江南，功成凯还，虽赐与则多，终不授彬使相。臣以为此等官职，平时无故等闲除授。臣僚亦以等闲得之，不以为贵。四方向去，万一有缓急事宜，必有贤智豪伟之人，为陛下制变御侮，立功立事。当此之际，朝廷行爵赏恩赉之议，则以何官职处之？久远之制，须今日思之，重之惜之，不可不慎也。伏望陛下特赐圣旨，以臣所请付两府议定，执守施行。上以遵祖宗之法，下以重爵位之赏，则中外幸甚。诏今后两府执守施行。

奏状乞释傅卞罪十月十日

臣伏见国子博士傅卞，近因所乘马惊逸，冲冒禁卫，系宪台勘鞫，法寺议谳次。窃缘卞经明行修，士誉推服。今其所犯，众知诖误。《书》曰"眚灾肆赦"，《易》曰"赦过宥罪"，此皆圣贤用忠恕之道，以为凡人孽非自作，以过误而获累者，则赦之而勿疑。伏惟陛下至仁至圣，尧舜其心，凡百用刑，必原情实。臣愚欲乞圣旨指挥，明卞之误，释卞之罪，申恩屈法，则涵容广大之德，日益隆盛也。诏傅卞罚铜八斤理为公罪。

奏状论王德用男纳马庆长马十月十六日

臣等窃见西京左藏库副使马庆长，自知宁州得替，又授知德顺军。窃缘德顺军广有职田，已为优便。今来又差充接伴副使，重迭侥幸。风闻本人曾纳马二匹，与枢密使王德用男咸融得此差遣。中外窃议，愤愤不平。方今朝廷清明，圣上求治，德用枢府大臣，首乱大法，政以贿成，刑平无私，乞置常宪。

奏状论俞希孟别与差遣

臣等伏闻再除俞希孟充言事御史。窃缘希孟早自入台以来，论事私邪，动多迎合。今略举一二事众所共闻者以言之。前年中，以国朝故事，内臣不得迁至刺史已上官资。王守忠意望节旄，知物议未允，既为前后省都知，又欲请节度使俸给，渐开其端，以图节钺。是时谏官韩绛力言不可，家居待罪，欲望朝廷听从。希孟不顾国家纪纲，不思朝廷大体，辄敢上言称恩命已行，仍乞后人不得为例。忘祖宗之久制，取宦者之欢心。又中书札子下御史台，同刑法寺众定百官行马失序事。同时聚议，皆云臣子起居辞见，对君父失仪，尚蒙矜恕，不作遗阙，岂为偶近两府，行马趋朝，既已赎铜，又作过犯？希孟承望大臣风旨，不顾君臣轻重之分，不肯同署奉状，而乃独入文字，乞理为过犯，此皆憸邪，迹状明白。兼后来因全台上殿奏事，陛下亲发德音，面责希孟，不逾两月，自言事台官，除为开封府判官。中外喜快，咸谓朝廷公明，忠邪判别。今却自府判除充言事台官。士人相顾失望，将谓朝廷故用此私邪之人。况本人资性已定，不改前非，阴巧蔽欺，荧惑朝听，所损不细。况国家置御史台，盖欲执法司直，肃正天下，必得端亮公正之士，同心协力，维持纲纪，以重朝廷。又陛下精择辅相，以求至治，必在澄清中外，动协众心，岂宜风宪之司，杂用奸邪之辈？又言事御史，旧虽二员，自来多是，止除一员，或亦全阙，今来毋湜，虽入谏院，见有马遵一员，未至阙事，所有希孟伏乞圣旨指挥，别与一差遣。除礼部员外郎荆湖两漕。

奏状乞替马庆长接伴副使速正典刑十月十七日

臣等已具状弹奏王德用男咸融纳马庆长马二匹，遂差庆长知德顺军，系广有职田之处。未赴任间，又差庆长充接伴副使。有此不公事状，至今未蒙施行。窃缘近差李克忠充入国副使不当。臣等亦尝抨奏，系枢密院，寻已差替。今庆长依旧接伴，道涂喧沸，以为至公之朝，屈法容奸，未正其罪。今若且令庆长接伴，动经百日方还，则是使用赂彰败有罪之人，从容往回，得以逗遛持久，以缓其事，因而苟免，则何以激劝中外臣僚？臣等伏乞特赐指挥，以庆长等罪状，速正典刑。所有接伴副使，早赐差人替换前去。

奏状乞检会牵复方龟年官资 <small>十一月八日</small>

臣伏以法者、天下之平，一不平，则无以示人至公也。窃见方龟年前知江宁府江宁县日，因公事得罪，夺殿中丞一官，勒停凡六七年，累经赦宥，近以叙用，始复初等职官，再授大理评事。常制既已失中，人情终是未平。如近年赵植、程初各缘罪犯，追太常博士停任。该赦叙理，俱复殿中丞，以龟年较之事似一体，而推恩顿殊。龟年在场屋时，一日十赋。登科后，尝撰边策阵图，累有大臣举奏，称其事业可采，偶缘谴累，本非赃私，遂此沉抑，深足矜悯。伏望圣旨指挥，检会赵植、程初等，特赐牵复龟年，一合入官资，亦以示用法之平也。

奏状乞罢免王德用 <small>十一月十一日</small>

臣窃见枢密使王德用，贪墨为性，老而无厌，凡所差除，多涉私徇，加之羸病，拜起艰难，虽朝廷用包荒之恩，而枢府岂养疾之地？方今北地多事，来使旁午，非久悉到，见德用尪怯如此，不惟示中朝委任之弱，亦自取外夷指目之轻。损国威灵，无甚于是。兼德用男咸融纳马庆长马二匹，道涂日益喧传，事连差除，显见情弊。朝廷尚未穷劾，邦典岂宜宽弛？伏望陛下特赐圣旨，先且罢免德用。重任出自宸断，慎选贤正有德望臣僚充枢密使，俾中外取重，四夷畏威，然后正咸融、庆长等之罪，示法行不私也。

赵清献公文集卷第八

奏　议

奏状乞移勘丘岳李先受赃等事十一月十八日

臣昨将弹奏三司人吏枉法受赃，支官钱与客人公事。蒙三司府司移送开封府，断令来军巡院，复即公行贿赂，纵放罪人，蒙昧朝廷，喧腾道路。丘岳、李先等事已彰败，窃闻又下本府推勘，未为允当。缘三司并开封府官吏，俱涉干碍，今若准旧行遣，终有不尽情弊。伏乞圣旨指挥，特赐选差清强官员，或下御史台，尽公勘鞫，免使奸赃舞文，出入人罪。

奏状乞别路差官取勘徐仲谋十一月二十一日

臣等风闻湖南桂阳监使徐仲谋，与本路转运使王正臣平有奏陈，兴构刑狱。经今半年有余，尚未结绝。追将禁系，吏民受弊，从可知矣。虽桂阳监合系本路监司，按察官王正臣奏称，徐仲谋罪状分明。窃缘仲谋累有申诉，称始因本监收勘，县令胥世程、罪犯王正臣曾有私书庇护，不能徇从，至有捃拾勒罢本监公事，一面追勾就狱。仲谋相继奏论朝廷，却令依旧管勾，显有上件因依，今来虽委提刑司差官推勘，前摄仲谋下狱，其如本路提转职司一体，所差勘官俱在辖下，终涉嫌疑，或致冤抑。欲乞朝廷详察，特降指挥，下别路差官取勘，所贵息绝词讼。仰江西路差不干碍官就湖南取勘。

奏状乞裁减停罢修造寺院宫观十二月二日

臣窃以邦财匮乏，民力疲敝，土木工役，岁无虚月。伏见京师寺宇宫观，营造连年，始云购募民间，终亦取办官府。其监修官吏，惟务增广间架，穷极奢侈，贪功冒赏，以为己利。今醴泉观将已毕功，更添创献殿一座。又慈孝殿鸱吻损动，复议自新起盖。至于洪福寺屋宇、兴国寺经藏、开宝寺佛塔等处，纷纷营建，竞相夸尚，只如昨者开先殿上换二柱，尚已费官钱十万余贯。今来诸寺观营建众多，如此侵耗帑藏，不知纪极，且国家财用縻费，如戎狄多事，河流未平，官冗兵众，是皆仰给县官，一出于民力，而不得已者也。其不急之务，无益之役，复不能制之，则伤财害民，朝廷有不节之嗟矣。臣愚伏望圣旨指挥，应在京寺院宫观见役土木，一切早赐裁减停罢。内慈孝寺殿损动去处，只乞量与修补，无使贪功冒赏之计得行，致国家浮费日广而用不易也。送三司施行。

奏状乞寝罢奉宸库估卖物色十二月十三日

臣窃闻已降指挥奉宸库估计珠犀玉帛珍宝等物，差官置场出卖。伏缘奉宸库并系朝廷宝秘之物，今一旦即行估卖，深损国家，兼又市井张皇，道路传播，万一远夷闻之，将谓我朝何故窘急如此。况国家内有省庭库藏，外有四方贡赋，若能节损浮费，则用度自可取足，何必轻信浅议，搜刷禁庭宝秘之物，虚耗内帑，动摇人心，所得甚微，所失甚大。臣愚伏望圣慈为国惜体，所是奉宸库见行估卖物色，特赐指挥寝罢。

奏状乞勘鞫王咸融纳马庆长马十二月十六日

臣近累次弹奏枢密使王德用男咸融纳马庆长马二匹，遂与庆长连并优便差遣等事，至今未蒙施行。伏惟陛下至公之心，如天地覆载、日月照临之无私也。

奈何使朝廷威福之柄，为贪夫攫敛之资，视枢要如闾阎，以官爵同商贾，台谏抨举，事已彰败多日，尚乃寝而不问。今夫外臣小官，受一钱以赃名罪，则终身湮沈，天下所不齿，岂容枢密使之家公行贿赂，卖恩鬻赏，喧沸如此，而不行穷劾，以正国家之典刑乎？今马庆长等见在京师，伏望圣断早赐指挥，鞫罪行法，亦所以警惧贪狠之人，庶几中外清肃也。

奏札论王德用乞正其罪

臣职有言责，不避烦渎宸聪，累曾弹奏王德用乞正其罪，而罢黜之，至今未赐施行，中外所共惊叹。况德用素非勋劳，滥冠枢席，全无补报，止务贪婪，漏尽钟鸣，不顾羞辱。因男咸融纳马庆长之马，辄以优幸差遣酬之，鬻恩贸赏，意轻朝廷。此而可恕，孰不可恕！伏望陛下英断，特赐指挥，置之诏狱，正以典刑，则祖宗驭天下之大法，不为庸人屈也。

奏状乞许文彦博程戡避亲 十二月二十一日

臣窃以辅弼疑丞，所宜协力共济；谋猷献替，须藉至公不私。若始无防闲，则终至间隙。中书者，天下瞻望之地。苟非执政大臣，同心同德，则何以上副圣主焦劳求治，欲元元见太平之意也？伏见宰臣文彦博与参知政事程戡是儿女正亲家，俱曾陈乞回避，未蒙圣旨允许。然以公朝无疑，诚于事体不便，且人情岂远，机务实繁，矧当钧衡，联比姻娅。一议或异，则必生形迹之非；一言偶同，则岂免党与之谤。临事同异，两难处之。今夫一郡一县，小官同僚，尚以亲嫌，必使易地。又况中书执天下刑赏之柄，系天下休戚之本，日有议论处置大事，岂于亲戚，乃不为嫌乎？臣伏望陛下特赐宸断，可其奏请，使得相回避，则中外无有间言也。

奏状乞寝罢钱延年待制之命

臣等窃闻张择行授户部郎中、充集贤殿修撰、提举兖州仙源观事，欲除钱延年为天章阁待制，必是朝廷以择行内阁之阙，用延年以补之。窃以待制之官，始置二员，今处中外已十五员矣。侍从之间，不为乏人，纵罢择行之职，何用补为？延年庸猥无状，众所共知，狡践华要，且非朝廷澄清百僚之意，将何以为荐绅之劝？若谓预有指挥，则著例甚明，不当引用。伏乞陛下特从公议，寝罢延年待制之命。诏钱延年与转修撰。

奏状乞并甲磨勘选人三月十九日

臣伏睹日近系中书枢密院审官三班等处臣僚，磨勘迁转者，并已依例施行外，惟有流内铨该磨勘改京朝官选人新旧一百余员，住京各已日久。至今未蒙指挥，困踬旅琐，深属不易。臣愚伏望圣慈矜恻，早赐朝旨，许令流内铨并甲磨勘引对，免致选人留滞失所。下铨司并甲引见。

奏状乞颁下减省奏荐恩泽闰三月七日

臣昨睹圣旨，以减省奏荐子孙亲戚恩泽事，下两府及台谏官定夺，寻已具条件闻奏。窃闻再下中书密院，重行详定。至今多日，未降指挥。伏缘圣节在近，中外臣僚，未知定制，必是各依当年体例奏荐，实为侥幸。况此一事，乃澄汰滥官之本原也，当圣明之世，或不能决行，则因循之弊，久而寖深。朝廷纪纲，日益弛废。伏乞圣旨指挥，早赐颁下，所贵厘革冗员，自今减始。下两府减省任子恩例。

奏状乞发遣荆南举留王逵诸色人归本贯 闰三月十八日

臣窃闻有荆南府进士僧道、公人、百姓刘宗正等百余人，诣阙进状，称王逵政美，举留满任三年。窃缘王逵为性苛虐，所至害民，岂于彼州，独有异政？若非恐惧威暴，敦谕使然，安肯越二十驿程，跋履艰阻而至是也？原其远民之情，盖不获已。臣伏望特降圣旨指挥，其荆南府见在京留王逵诸色等人，下开封府发遣，令归本贯，庶使天下知朝廷至明，不为恌人，上惑天听，况兼素有著令，诚约分明，乞赐指挥举行旧条，告示中外。

奏状乞寝李淑充翰林学士指挥

臣等窃闻除李淑充翰林学士，中外闻之，无不惊骇。窃以淑知开封府日，丑行彰闻，及在郑州，又作诗怨刺，辞涉烈祖。洎朝廷黜知南京，却以侍亲为名，不肯前去。累经台谏论列，盖以其资性阴邪，不协群议。况内制之任，不止专掌文翰，兼朝廷大用，多由此选，岂可以阴邪之人再充此职？伏乞检会欧阳修、包拯等，前来论奏事状，特降圣旨指挥，寝罢淑今来除命，且见今翰林学士，自承旨以下有五员，不至缺人。

奏状再论李淑

臣等伏睹李淑充翰林学士不当，遂具状弹奏，未蒙朝廷指挥施行。窃以淑踪迹乖滥，及知开封府，昵近小吏刘青，丑声流闻，故士大夫耻言其名字，此乃淑之秽行也。作诗刺讥前朝，乃有"门外倒戈"之句，言涉烈祖，此淑之大不忠也。出知南京，以养亲辞避，自合家居，既而依旧居职，此淑之不孝也。臣等固不敢一一条陈，上黩圣听。如此等事，台谏累次上言，陛下稔熟知之，宽其严诛，使未废弃，恩已厚矣。词禁最为近密，安可使不忠不孝、丑秽阴邪之人，复践其职？伏乞早降圣旨指挥，追还恩命，以厌天下清议。

奏状再乞追罢李淑

臣等伏睹再除李淑充翰林学士，两次具状弹奏，未蒙施行。臣等窃所未谕，况淑之丑秽，前后累经臣僚论列，已夺是职，岂可复居此官？又淑之阴邪，天下共知，在于圣人，亦稔熟闻听，无足疑者。似此除拜，必是辅相进拟，岂有明知奸邪，复欲擢用？但恐沮劝之道废矣。况圣心求治，内制之选，职在禁近，或备顾问，岂可用此等色人？臣等并蒙圣恩，擢在言职，各有爱君之心，岂有乐闻时政之阙？再三烦黩圣听，盖进用匪人，实害大政，不敢不言。伏望出自宸衷，特赐追罢。况翰林学士，自承旨以下有五员，不至阙事，伏乞更不除人。

奏状再乞寝李淑恩命

臣等三次具状，弹奏李淑再充翰林学士不当，未蒙施行。伏虑朝廷以臣等所言李淑不忠不孝，为行乖恶，未足以取信，或者执政之臣不采，中外公议，曲为盖庇，不即别白于陛下之前，使淑之恩命，遂非而不改。只如知开封府时，丑秽事迹，播于闻听。在郑州作诗讽咏前朝，语涉烈祖，以养亲为名，辞避外官，却居内职。此前来谏官及臣等今来累次论列分明，若此等事，罪不容诛。陛下宽仁恩恕，未加窜殛，尚居经筵，犹未允清议，岂可更复翰林学士之命？如淑自兹进用，窃恐奸邪路开，小人类进，贼贤害政，不为朝廷之福。伏乞特降圣旨，早赐寝罢淑所授恩命。诏罢李淑翰林学士。

奏状乞候今冬六塔河堤并无疏虞方许酬赏

臣窃闻商湖口已用土闭塞，河流全入六塔通行。外议以为，自今水势尚小，固无所忧。若向去矾山水下，并夏秋霖潦暴涨，则虑堤防未平，别有冲溢。所是见今勾当六塔河一行官吏等，如有合该恩命酬赏，欲乞圣旨罢准。宜候今年初冬已前沿河堤防，并无疏虞，然后依例施行。所贵人人肯尽心力提辖防护，亦以示朝廷不滥赏而见成功也

奏状乞贬黜李仲昌张怀恩等四月初一日

臣伏睹今春朝廷指挥商湖北流口，候至秋冬闭塞，其修河司李仲昌、张怀恩等，全不依禀制旨，妄称水势自然，过入六塔新河。盛夏之初，遂尔闭合，一日之内，果即冲开，失坏物料一二百万，溺没兵夫性命不少。民力疲敝，道途惊嗟，岂非意在急功力，觊恩赏，失计败事，罪将谁归？臣愚伏望陛下特赐宸断指挥，其仲昌、怀恩及应管勾臣僚使臣等，亟加贬黜，以正典刑，谢彼方之生灵，诫后来之妄作。

奏状乞牵复李士勋旧官四月十一日

臣窃见内殿承制阁门祗候李士勋，昨江东同提刑日，以病去官，不曾亲被诏旨，因此赴阙后时，降授东头供奉官，又已经刑部定夺，至今未蒙施行。缘士勋得疾有状，黜官无辜，母老家贫，众所共惜。伏望圣旨指挥，特赐牵复士勋旧官，使朝廷刑罚不滥，则忠善知劝矣。诏复内殿崇班亲民。

奏状再乞罢免王德用

臣昨累状弹奏王德用男咸融纳马庆长马，后挟私差遣事，经涉半年，至今未蒙朝廷施行。夫刑法者，人主取天下之柄，持之使平，则中外畏威，而民服从。未有官尊职重，而贪赃败露如王德用者，遂屈法而不问之耶。伏望圣旨

指挥，检会前来所弹德用章奏，早赐正其罪而罢免之，并咸融、庆长并从降黜，以副天下公议。

奏状乞正王德用罪名贬黜五月三日

臣累次弹奏枢密使王德用，贪婪挟私，男咸融纳马庆长马，偏与优等差遣，人情不平，外议喧沸。乞正其罪，所冀于治朝行公法，不为德用私而屈之也。至今多日，未蒙指挥，且德用结托权要，赃污暴闻，拜跪艰难，失人臣礼，当职议论，语同俳优，勋劳素无，负乘兹久。臣愚伏望陛下采之公议，断在勿疑。以臣前后所上章奏，命政事府果决施行王德用等罪名，严赐贬黜。然后别择贤才，入冠枢府，使夷夏畏服，朝廷尊严，天下不胜幸甚。

奏状乞官员身故孤遗骨肉依在日资序拨船乘载五月七日

臣伏睹近降条贯，移替赴任官员，使臣乘坐舟船只数，立法革弊，所宜必行，然而尚有该说不尽，似于人情未安者。惟官员使臣，或在任，或得替，或已赴京阙，或尚在道路有身故者，其本家孤遗骨肉，若不许乘船归乡里，并寄居去处，实可矜怜。今闻排岸司见拘收故北京通判屯田员外郎方任，与故太常博士吴温两家所乘载孤遗舟船，勒归本岸，不放前去。况方、吴两家并是南人，去乡井数千里，孤遗各一二十口，留滞羁旅，便是失所。除二家外，似此之类颇多，甚伤和气。天下有祸患急难，而仁圣在上，正宜拯救哀恤。臣伏望朝廷特赐指挥，应官员使臣身故，其孤遗骨肉，并许令依本官在日资序，支拨坐船只数，乘载归本贯州县，或寄居去处。所有在外始初丁忧官员，合归持服地头，即不是作名出入者，亦乞依此施行。所贵物议平允。下三司自新定夺条贯。

奏札乞依自来体例令台谏官上殿_{五月八日}

臣等近闻知谏院范镇乞上殿奏事，未蒙俞允。窃以台谏之职，是朝廷耳目之官，凡所奏陈，动关机密。自陛下服药调适，仅将半年至今，未得上殿。比闻圣体渐康，况中外机密万务在臣等职业，合奏之事甚多。若只上章疏，难为周悉，须合面陈。伏望圣慈特赐指挥，许依自来体例，令台谏官上殿。

贴黄：三司开封府审刑院，只管钱谷、刑狱、民事，虽未上殿，不至阙事。台谏职业，动于机务，或有难形翰墨之事，须至上殿口陈。伏乞早赐俞允。

奏疏言皇嗣未立_{六月九日}

臣闻圣人之制变，不可无权宜；天下之能事，不可失机会。至于去祸以归福，却乱以格治，救亡以图存，转危以置安者，用权宜、适机会也。向者伏睹陛下圣体偶一违豫，中外人心，莫不动摇，赖宗庙社稷之降灵，天地神明之垂佑，四海蒙福，宸躬寖康。然犹上有谪见之文，迨无虚月；下有妖言之俗，至于再三。天其或者岂非以陛下皇嗣未立，人心未有所系，垂厥祥异，明白丁宁，警戒陛下，意欲陛下深思远图，亟有所为而然也？权宜也，机会也，今其时矣。《书》曰"一人元良，万邦以贞"，《易》曰"大人以继明照四方"，叔孙通以为天下之本，奈何以天下为戏？"韩愈亦云："前定可以守法，不前定则争且乱。"臣不胜大愿，愿陛下思所以答谪见妖言之警戒，思所以固三圣百战之基业，思所以安中外臣庶之忧惑，思所以破奸雄阴贼之窥觎。断宸衷，发圣意，择用宗室贤善子弟，或教育宫闱，或封建任使，左右以良士，辅导以正人，盘石维城，根本深固，有是二者，惟陛下示天下以至公而财择焉。伏况陛下春秋富盛，福寿延洪，一旦皇子庆诞，少阳位正，储贰事体，何损权宜？方今施为，且适机会，转祸乱危亡将然之势，为福治安存无疆之基，岂不盛哉！岂不休哉！臣职有言，责计无家，为戴陛下之恩，极太山之重，顾愚臣之命，等鸿毛之轻。倘一毫有益于朝廷，则万死甘从于鼎镬。干冒旒冕，臣无任纳忠待罪、激切屏营之至。

奏状乞依刑部定夺除落葛闳陆经罪名六月十二日

臣伏睹先朝所降诏书，有刑赏逾制，冤滥未伸，并仰谏官奏论、宪臣弹举之文，所以事有冤滥者，言之则臣之职当然，默焉则臣之责难逭。昨闻御史中丞孙抃奏葛闳知濠州日情状可恕，宣徽使富弼言陆经在西京日贬出非辜，朝廷并送刑部，寻具奏闻。称据闳、经案款，元初大理寺各不合书罪，然却引敕节文，一命官犯罪，经断遣后，如有理雪者，三年外更不施行。省司不敢除落，朝廷因而中罢。窃缘闳、经所犯，本是为人诬构。前日未明白时，人犹冤之，一旦近臣既已论奏，刑部又已辨明，朝廷用三年外法以罢之，然则人之冤之也，又甚于前日矣。至如近年王冲、杨南仲、杨织辈皆以罪废，近二十年并不问年限，只用大臣台谏官论列，俱得除落刑名。况闳、经亦不是自乞理雪，率皆因人奏论，较王冲等事体，岂复有异？臣愚伏望陛下圣旨指挥，检会刑部所定夺闳、经文字，许依王冲等除落罪名，则冤滥获伸，副诏书之意，邦条物议，咸得允当。若以曾系中书不行，事涉形迹，又送枢密院施行。

奏札再乞指挥中书许令台谏官依例上殿

臣等昨于五月八日以后累次奏乞许台谏官依例上殿，寻闻已奉圣旨，以臣等所上章疏，降付中书。此盖陛下圣心察臣等愚忠，有开可之意。至今逾月，未蒙施行，乃是执政大臣，不欲臣等进对，故为阻遏。臣等遂于今月十三日，同诣中书，面问不许上殿因依，观宰臣以下词语，无为臣等执奏之意。缘朝廷置台谏官，为耳目之任，所宜日亲旒扆，上补陛下聪明。今逾半年，未有一员得对，虽中外急切几务，事系安危，陛下深居九重，何从而知之？臣等窃谓言路阻绝，未有如今日之甚者。伏望陛下早赐英断，指挥中书，许令台谏之官，依例上殿。臣等必不敢以琐细事务，上烦宸听。诏许中丞上殿。

奏状论李仲昌等乞改正严科六月十九日

臣昨弹奏李仲昌等不禀制旨，不恤人言，妄于盛夏之初，修闭六塔河口，失坏物料，重困兵民，愿正典刑，亟加贬黜。朝廷且责后效，扫约随又破决，急失暴敛，河北几无聊生；余波横流，博州首被冲注。近睹责降李仲昌、张怀恩并充监当，李璋、蔡挺各移知州，转运使燕度等，尚不加罪。中外籍籍，人情不平，皆谓如数年前王建中在河阴，只是进约过当，致汴流浅滞，即时追官勒停。又沿黄河堤防泛溢去处，官员、使臣虽去官者，亦例皆充替。今仲昌等奸谋辩口，诬惑朝廷，邀利急功，兴起力役，为害不浅，败事已多，固宜行窜殛之刑，岂复蒙宽宥之诰？臣愚伏望陛下特赐圣旨指挥，其李仲昌、张怀恩、李璋、蔡挺、燕度等并从公议，改置严科，谢列城愁怨之民，示公朝刑罚之当。转灾沴为和气，在此举也。

奏状乞依近降指挥试举人六月二十二日

臣窃闻臣僚上言开封府国子监秋试举人，候恭谢礼毕，方许就试。伏缘朝廷近降指挥，取七月锁院，已行晓示多日，见今进士诸科，投纳家状，约五六千人。又况霖潦之后，舍宇颓毁，薪粒翔贵，举人嗷嗷，日望如期校试，早见去留。若令直至初冬，不惟羁旅贫窘，久而不易，抑又朝廷命令，朝出夕改，无以示信于多士，深为不便。臣愚伏望圣慈，许依近降指挥施行，无从偏词曲说，以紊彝制，而喧群议也。诏依近降指挥。

奏状论句畎府界积水骚扰六月二十九日

臣窃闻差京朝官下府界诸县，句畎民田积水，逐官手下，各领兵士百十人，荷锸驰走村落之间，耆壮保分，纷纭往来。民间罹水灾之后，自救不暇，今复重为骚扰。盖所差之官，既非本部，其兵士耆保，缘而为奸，不当事权，难以控制，徒致嗟困，于事无益。臣等欲乞朝廷指挥，府界积水，只差本县官佐，专切管句沟畎，并委府界提点司，分头提举，庶使诸县之民，当此水灾之际，不为官司重困，得自营活。依奏。

奏状乞追摄晏思晦勘断七月一日

臣伏见晏垂庆冒名授身死兄宗应京官公事，已送府司根勘次。窃知垂庆素本愚骏，今来悉是其兄殿中丞思晦在京纳赂启幸，构架保识。官员于书铺官司，投请文字，蒙昧朝廷，深虑勘司未见得此情弊。臣伏乞圣旨指挥，下开封府追摄思晦与垂庆，一处勘断，庶兹官冗之际，聊以澄究滥源。下开封府勾思晦勘结。

奏状乞留胡瑗七月三日

臣窃见国子监直讲胡瑗，文学德行，足为人师。在太学诲导诸生，循循不倦，渐劘道艺，有益风化。去年御史中丞孙抃曾奏举瑗堪经筵任用，如闻已得指挥。今知瑗陈乞外任，若遂得请，恐非朝廷惜贤尊道、兴学育才之意也。臣愚伏望陛下特赐圣旨，留瑗太学供职，或乞检会前降指挥，用孙抃经筵之举，庶可上补圣主聪明，下使善人知劝也。

奏状乞罢内臣权巡检七月八日

臣伏见近以京师霖潦，权差内臣班行，将带兵士充里外城巡检。今来天晴水退，人渐安居，其诸处地方公事，自有元旧巡警官兵，使臣县尉，分头管勾，不至阙误。所是权巡检内臣班行，伏乞圣旨指挥，早赐罢去，庶令民间无重烦扰。依奏。

奏状乞每日坐前后殿七月九日

臣等伏以陛下昨因违裕渐安，恐烦视事，乃有"一日坐前殿、次日坐后殿"之旨。又以伏烦暑，双日不坐，只日间坐前后殿，皆一时之权宜，非久法也。迩来微凉，复只双日只日更坐前后殿。窃惟春夏之间，陛下尚犹服药，故从其请。然四方之人，不无忧惧。今则圣体康宁，伏乞宸造依旧每日坐前后殿，上以全陛下忧勤之德，下以释四方疑惧之心。

奏状乞给还太学田土房缗七月十一日

臣伏以商周之所以名治世，莫非崇树学校，教育俊良，以敦厚风俗之为急也。后之苟简浅末，有以庠序议治道者，咸以迂阔诮之。然则舍此而欲风化之宣，是犹却行而求前也。窃见京师太学，殆将废弛，在庆历初，朝廷拨田土二百余顷，房缗六七千，入学充用。是时供生员二百人，后来陈旭判监赡食，亦不下百人。近胡瑗管勾，已逾三岁，才赡及掌事谕义、孤寒学徒三二十人而已。又自今年春夏以来，一切停罢，令自供给。所以然者，盖向前所赐田土房缗，并却系国子监拘收占者。近闻吴中复论奏，乞依旧还太学。至今多日，未蒙施行。臣愚以为，今若田土房缗，不还太学，则无由赡养生徒。生徒不赡养，则将见其纷然引而之四方矣，如此则太学遂废。伏惟陛下聪明仁圣，凡辅弼臣邻，日欲致君于尧舜。今使太学遂废，将不及商周之治，如之何唐虞之庶几哉！伏望特赐圣旨指挥，以先所赐田土房缗，给还太学，依旧许令修完斋舍，赡养生员，教育渐劘，一变至治，庶使本朝尊儒重道、兴学育才之盛，不愧于古之治世矣。

奏状乞黜罢燕度

臣近两次弹奏李仲昌等乞行窜殛，以正典刑。近睹中书札子，仲昌等奉圣旨将来经恩，并不得复官及差遣。惟转运使燕度，元系管勾修六塔河，并固护埽约，明知不便，默无一言，盱睢随人，终致败事。今仲昌等聊示贬降，独度未蒙黜罢，有何颜面，尚拥使权？公议物情，甚未平允。臣伏望圣旨指挥早赐，黜罢燕度职司，以慰安河北人心，免更生事。又以示朝廷用法不私也。

奏状起请科场事件

臣伏睹近降《贡举条贯》有该说不尽，于事体未便，须至申明者，具画以下项：

一、《条贯》：试院巡铺官员兵士等，如搜获举人怀挟文字，各等第酬奖者，然而厘革弊滥，此诚为得。窃恐巡铺之人，利于赏重，或自外将带科场文字入院，或于试院内收拾得遗坠文字，当举人就试之际，妄乱诬执，却称是搜检捉获，若柔懦举人，不能自明，便见枉遭殿累，深属不便。臣今启请，欲乞指挥应系巡铺官员等，搜检得举人怀挟文字，得实即依条酬赏外，如敢自将文字于试院，诬执举人，希求恩赏，事发情状分明者，其所犯之人，即科诬告之罪，仍委考试所并监门官员，专切觉察。

一、《条贯》：举人因怀挟文字者，同保人实殿五举；移动坐位者，同保人一例驳放。然而申禁不严，则不足去弊；若迁怒枝蔓，则恐伤善人。窃缘开封府国学试院，场数不一，若举人同保五七人，其间或分作两场至三场引试，假令第一场有人怀挟文字，移易坐位，岂可累及第二场、三场中同保之人？用法如此，如非幸何！臣今启请，若举人就试日，怀挟文字，移易坐位事发者，其间虽同保之人，若不是同场入试，即不在连坐之限。

右谨具如前。窃缘见今开封府、国学、锁厅三处，引试举人日逼，臣之愚见，所以塞绝奸幸诬罔之路。于朝廷刑罚不使枉滥，于场屋事体不至亏损。伏望陛下圣慈，早赐指挥施行。

赵清献公文集卷第九

奏 议

奏状乞避知杂御史范镇八月十五日

臣伏睹差范镇充知杂御史。窃缘臣去年春夏间，累次弹奏宰臣陈执中，乞正其罪而罢免之。是时镇不顾公议，一向阴为论列，营救执中，上惑圣听。臣等与御史范师道抨镇阿党之状，今朝廷除镇知杂，臣见居台职，显与镇有上件因依。况风宪之地，趣向各异，难为同处。臣伏望陛下特赐圣旨指挥，除臣江浙一州军，合入差遣，且以避镇，亦臣之幸甚。

奏状乞榜示行礼百官不得移易幕次

臣准中书札子内圣旨指挥，差同沈立提举恭谢行礼百官酒食。臣勘会自来御厨翰林司供办宿斋百官酒食，虽严行约束，多是不得整齐。盖由官员不依官位赴坐宿斋，取便移易幕次，呼索喧哗，是致难以责其整肃。欲乞特降圣旨下御史台，晓示行礼百官，至日并须依分定官位幕次，赴坐宿斋，不得辄自取便，移易幕次。所贵整肃，上副朝廷恭谢之意。如敢故违，许御史台并管勾官司举劾，特行朝典。令御史台告示百官。

奏状再乞避范镇八月二十六日

臣近为曾于去年两次论奏范镇营救陈执中事，上惑圣听，显有阿党柄臣

234

之状。今镇充知杂御史，臣难为尚供台职，陈乞江浙一州军，合入差遣，至今多日，未蒙施行。伏望圣慈允臣所请，早赐指挥，臣无任瞻天俟命激切之至。

奏状乞勘验王道在街坊称冤

臣窃闻有前孟州河阳县尉王道，自今年五月以来，逐日于京城具公服靴笏，每每在街坊民间，乞丐钱物。称被州府信谗，无罪停废。至今日日市井聚观，道路悯笑，或疑其诈作名目，或虑其实有冤滥，殊无愧耻，玷伤士类。伏望特降朝旨指挥，下开封府勾追勘验，其王道如实系非辜黜官，因而与理雪；若别无冤枉，或一切假伪，即乞断罪后，押送本贯乡里，亦足示朝廷无冤人也。下开封府勘验。

奏状乞许诸路庆贺章表入递附奏九月六日

臣窃见天下诸路职司并州府军，凡遇朝廷行庆等事，合具章表称贺者，并差本处职员衙校赍执，赴都进奏院通放，至于江淮、闽浙、川广诸路，多差乡户衙前。远人生疏，道路僻远，经涉岁月，靡费甚厚，深属不便。以臣愚见，应诸路职司州府军监，今后如系进贡物色，许依旧差衙职员，赍擎赴阙外，如是庆贺章表，并只令入递附奏，颇为顺便。伏望圣慈矜恤远方，特赐指挥，付都进奏院，遍下诸路，告示遵守施行。

奏状论恭谢礼毕恩赦转官制度九月九日

臣等伏睹御札下御史台，恭谢大礼并依南郊体例施行。今闻外议，却皆觊望如明堂之恩。窃以明堂之恩，臣僚并转官童行亦披剃，此二者，最是朝廷慎重之事。况今官冗而滥，僧道蚕食至众，窃虑比来恭谢礼毕，恩赦议及文武官僚转官及童行剃度等事，伏望陛下特赐宸断，并只依南郊体例施行。又况比年赦宥频数，当议裁损，则天下幸甚。依奏。

奏状乞追还内降指挥

臣昨自四月至七月累次论奏李仲昌等修河败事，乞重行贬黜。虽朝廷量与责降，然亦未快群议。陛下采收下情，悯伤重役，将穷究仲昌等情状，正国家之典刑，宣谕中书辅臣行之可也。若事有干涉，付枢密院治之可也。奈何一旦事从中出，差一台官以讯劾之，遣四内臣以监视之。才及数日之内，三出内降文字，张皇大狱，中外惊骇。外议以谓初发二小臣之罪者，谁为奏陈？今起二小臣之狱者，孰与评议？所可惜者，国体之重，不询于公卿大臣；政事之权，乃付之宦官女子。至于政府见如此等事，始不预议，终无执持，将顺奉行，焉用彼臣？恐斜封墨敕之弊，不足罪于昔时；告密罗织之风，复基祸于今日矣。臣愚伏望陛下特赐圣旨指挥，追还内降之命，检会台臣并臣前后论奏仲昌等章疏详酌，重行贬窜，如此，则朝廷纲纪不遂隳坏，人情物论庶无忧疑也。

奏状乞戒励严庆孙等不肃事九月十一日

据知班孙希彦申，右谨具如前。伏缘大礼，臣僚斋宿，合务严恪。其虞部员外郎严庆孙、水部员外郎程嗣立，有此故作怠慢，至夜却在朝堂门外，不就门里本幕次斋宿，显违朝旨。只如初九日，有库部员外郎张诚悫擅移幕次，已曾弹奏，至今未蒙施行。窃况宿斋，臣僚不少，若非特行戒励，必是难得整齐。

奏状乞降指挥内臣入蜀只许住益州十日

臣窃闻去年秋冬间，朝廷差内臣益州催唐书，又一员下本路转运司散特支钱，各住成都，盘桓七十余日，别无公事勾当，惟是交易掊克，诛求不已。依缕金翻换机杼新样，织造绫罗锦绣。至于酒场公人百姓，陪备资财，供给馈遗，每一名内臣，至赏大钱六七千贯。道路嗟怪，公私骚动。臣体问得东西两川，人稠土窄，赋敛数变，民已不易，岂宜遣中官，频来久住，重为诛剥？臣愚欲望朝廷非次免差内臣入蜀，所是旧例合差之人，乞降圣旨指挥，许令住益州，不得过十日，如此约束，庶几不甚烦扰，以慰存远人也。

奏状乞止绝川路州军送遗节酒十月十三日

臣伏见益、梓等路诸州军，每遇时序，或隔路，或邻近，更互送遗节酒，多差衙前急脚子，驱送递铺兵士，并役使百姓人夫，往来络绎，担擎劳苦，州县骚动，嗟叹之声，不绝道路。臣体问得元许造酒州军，自来盖有旧例。不该酤酒去处，并是近年旋起新例，只于公人百姓酒场内收买，每法酒一斗，民间值大钱一贯以上，公使库只支与一二百文。既已亏损价值数倍，又赏擎往复，无故驱役兵民。臣坐观弊事，深属不便，欲乞今后川路州军，自来不许造酒去处，并不得隔路或邻州，更互送遗节酒。如违，其干系官员并科违制之罪。如此，则一免大段亏损，败坏公人百姓酒场课利；二免枉役递铺兵士，骚扰州县人夫，所以安存远方，宽贷民力。伏望圣慈特赐指挥施行。

奏札乞检会张席奏状相度解盐嘉祐五年十月十七日

臣访闻陕西种盐畦户，岁于河中、庆成、陕、虢、解五州军河东等二十余县差人户，充应积年，逐户陪备，钱物浩瀚，多致破荡家产。去年准赦恩虽权，减半差役，道路欢快。然终是疮痍未除，近有尚书比部员外郎张席，累言解池利害，只用官钱米收买，漫生颗盐，供应得足。臣近经陕西，询问耆旧，并称席所起请盐事，官私委实，久远利便。臣愚伏望圣旨指挥，检会席前后奏状，委制置解盐臣僚，前去相度，定夺施行。宽恤民力，莫大于此。

奏状论陕西官员占留禁军有妨教阅

臣近过陕西，体问得诸州军禁旅虽多，训练盖寡。其间至有匠氏、乐工、组绣、书画，机巧百端，名目多是。主帅并以次官员占留手下，或五七百人，或千余人，并不预逐日教阅之数。上下顾避，递相因循，万一缓急寇警，用之御捍，何异驱市人而战？臣窃虑如此弊事非一路，欲乞朝廷特赐指挥，下诸路敢有官员虚名占留兵级在手下、有妨逐日上场教阅者，科违制之罪。仍委提刑转运司臣僚觉察闻奏，庶几军伍训练精熟，以备驱策，免临时误事。

奏状乞斥逐烧炼兵士董吉同唐介王陶

臣等风闻散直剩员兵士董吉，以烧炼之术为名，因缘入内，副都知邓保信援引入留禁中。外议藉藉，以为不便。臣等伏以自古乱臣贼子，兴妖造奸，必伪称化金宝、益年寿之术，以取媚人主。外托爱君之迹，内为乱政之弊。汉之文成、五利，唐之普思、静能，滥恩既深，显戮旋被。至其甚者，权移群小，势倾朝廷，稔成祸殃，延及宫禁。唐太宗、宪宗二帝，号为英主，亦以服饵贻疾，取笑四夷。文宗之时，中尉王守澄引荐李训、郑注，讫成甘露之乱。皆由依宦官而结主，假药术以市奸故也。或谓烧变金银，则天子以慈俭为宝，不当务此，或谓合炼丹药，则前世为药饵所误，可以为鉴。左道无赦，古制有刑。今保信复引董吉禁中，盖当事之初，理如无害，洎为弊之末，祸或从生。其董吉，伏望圣慈早赐斥逐，免致荧惑圣听，邓保信亦乞戒励施行。

奏状乞勘劾萧注

臣窃闻广西知邕州萧注，贪婪放肆，丑恶彰闻，货赂诛求，蛮僚骚动。提刑李师中论列切至，使臣李若愚体量分明，或未正邦刑，则定生边患。其萧注，伏望圣慈早赐指挥，下荆南路勘劾施行，无令长恶不悛、远方受弊。

奏状论宋庠乞罢免枢密使

臣伏以辅翊之臣，岂宜备位；枢机之地，尤须得人。一有乖方，曷副求治？窃见枢密使宋庠措置无状，阿谀不公，下情多壅蔽之辞，物论有昏沉之刺，久处宥密，取轻朝廷。臣愚伏望圣慈特赐指挥，罢免宋庠枢密使之命，以叶公议。

奏札再论宋庠

臣近累次论列，乞罢宋庠枢密使之任，未蒙省纳。窃缘昨以武臣差遣不平，屡有词诉，都不接览，待漏院与程戡争忿喧哗，取笑中外，裁以平和坐免，而庠理固不直，方且安然尸素，不恤去就。人言沸腾，又已半稔。迩来凡百处事，愈更乖方，官僚怨嗟颇多，台谏弹奏不已，如闻引退，未见施行。臣愚欲望圣慈早赐指挥，罢庠柄任，则天下幸甚。

奏札乞检详前奏罢免宋庠

臣等近者各具论列，乞罢宋庠枢密使柄任，至今未蒙指挥。伏缘庠素乏才谋，重以昏眊，自专枢务，处事乖方，变更祖宗以来选用武臣法度，以致差任不当。众情怨嗟，至有对御称冤、奏牍理诉者。中外籍籍，以为非材，而复取媚中人，超迁重职，保持宠禄，以固身谋，备位庙堂，实玷任使。伏望圣慈特赐检详臣等前奏，早降指挥罢免，庶叶公议。

奏状乞追寝刘保信等恩命

臣窃闻勾当御药院刘保信转遥郡团练使，王世宁以下并遥郡刺史，滥恩非次，公议颇喧，台谏屡有奏论，朝廷终未俞允。夫名器之假不慎，则侥幸之弊愈多，岂圣时所宜为之？愿陛下无或忽此，臣愚伏望陛下圣慈，特赐指挥追寝刘保信等所授新命，则中外幸甚。

奏状乞移勘韩铎

臣风闻河中府客人赵志进状，陈论竹木务监官韩铎积压丈尺，批斫除折，亏损价钱六百余贯，系送开封府取勘，至今一百余日，其诉冤客人累月禁系，负罪官属，乃优游在外，数四不肯承认。显是本府上下，容庇拖延，不为依条结绝，远民无告，物论不平。臣愚伏望圣慈特赐指挥，移上件公事，下御史台，或差台官，别置院推勘，早见归着，免致辇毂之下，刑狱冤滞，有伤和气。

奏状乞废罢盐运司

臣窃见近年置江淮等路运盐司，本司之官，系朝廷选设胥吏兵给共七八十人，廨署船舸凡百。称是意者，以上江州军，阙少盐货，因置发运之权，以济诸郡之乏。今已数岁未见有尤异之效者，其实无补于事也。或州军阙盐，则本司申发运司，或支或未支，由发运而不由本司也。公文移下，或行或不行，列郡从发运，而未必从本司也，何哉？盖权不均，而势使之然；名不正，而都无所济，徒冗长乎其间，正如赘疣之为尔。惟是盐纲人员，兵梢经过到发参辞，催督行程如此等事，重为烦扰，但沿河排岸，催纲司悉能行之矣。臣愚伏望圣慈指挥，其运盐一司，特令废罢。所是应副诸州盐纲，依旧委制置发运司，一切责办，使不误事，去冗局之无益，亦宽恤之一端也。

奏状乞检会前奏追夺刘保信等恩命

臣等近以勾当御药院内臣刘保信等四人，暗转遥郡团练刺史，各累具论列，乞行寝罢。风闻并皆留中，未赐施行。伏缘先后遗诰，罢置上御药，盖防佞幸进任太速，权宠过盛。近岁以来，无名超擢，不出告敕，浸成弊法，轻用名器，废坏典章，甚非圣朝至公之道。况近日知制诰杨畋等封还刘永年、李珣等转官词头，亦为无功，滥有迁拜，已蒙朝廷追夺。今来保信等恩命，尤为僭滥，独未寝罢，内外异法，物论不平。伏望圣慈早赐指挥，检会臣等前后奏状札子，降付中书施行。

奏札论经筵及御制宸翰

臣窃以人主之御天下也，其聪明必欲广，聪明广，则祸福之鉴远矣；其尊威必欲重，尊威重，则上下之理明矣。伏惟陛下承祖继宗，体尧蹈舜，睿圣仁厚，固四海称颂之不暇，何阙遗之有焉。然臣备位谏垣，朝虑夕思，不敢循默者，庶几有补于未至万分之一尔。夫《易》之吉凶，《诗》之美刺，《礼》之污隆，《乐》之治乱，《春秋》之善恶，以至《史》《汉》之书先代得失存亡，无不纪述。今经筵侍讲者，讲吉不讲凶，讲治不讲乱；侍读者，读得不读失，读存不读亡。臣愚以为陛下非所以广聪明之义也。伏望发德音，命经筵臣僚，临文讲诵，无隐讳，至于吉凶、治乱、得失、存亡之所由兆，尤宜详究铺陈之，使祸福之鉴日开，宗庙社稷无穷之福也。夫帝王文章，天子翰墨，真图书之秘宝，实圣神之能事。今夫辅弼左右之臣，宦官近戚之家，碑铭挽词，佛榜僧号，或上求御制，或仰觊宸翰，咸出非望，多遂其请。臣愚以为陛下非所以重尊威之道也。伏望惜堂陛之崇，秘奎壁之彩，慎重命赐，杜绝幸望，上下之理，从而益明。朝廷中外，莫大幸也。二者惟陛下留神察焉，臣无任激切、纳忠待罪之至。

奏状乞追夺郑戬所授京官

臣窃闻枢密院酬奖特停选人郑戬，改授大理寺丞，以其未勒停前掩杀夷人劳绩，不惟正违流内铨条贯；兼又臣前任梓州路转运使日，访闻郑戬先在淯并监所，杀夷獠一百二十余人，其间半是年老或幼稚，并妇女之属。边傍至今冤之。其时监司，只保明实杀八十人有奇，贪忍不明，上下蒙昧。况戬未赴调间，又已犯私罪勒停。今来违条转官，所以物论喧沸，悉以戬家豪行贿，结托权要所致也。近闻台官累状论奏，伏望圣慈早赐指挥，检会追夺戬所授京官。

奏状论拣选厢禁军

臣窃闻日近朝廷下诸路州军拣选厢禁军兵士，赴阙到日，并各逐旋分隶外处，填补阙额军分。盛寒之月，离去乡井，携老负幼，尽室以行，道路劳苦，至京城门外别，哀愁之声，所不堪闻，询之舆言，甚可悯恻。伏望圣慈特赐指挥，应系拣兵路分州军未起发者，且令仍旧在本处收管，或只许以所拣之兵，那移补填邻郡缺额，免致远离土著，则颇叶人情。

奏状乞抽回河北陕西等路均税官

臣窃见朝廷差官下河北、陕西等路均税，近闻诸州县人户不测事端，望风疑惑，往往移换物产，斫伐桑枣，村落僻处，尤为惊扰。且土地之赋，则腴瘠之人不同；农民之耕，则勤惰之功有异。井田已远，经制固难。又况今年夏秋，诸处愆雨，民尚艰食，缘此骚动，人情不安。臣愚伏望圣慈早赐指挥，权抽回所差均税官员，以慰安四方。

奏状乞罢陈旭枢密副使十二月二日

臣窃见除陈旭充枢密副使制命之出，中外惊疑。伏缘旭趣向多门，进取由径，内则结宦官之援，外则收小人之情，骤用机衡，公议喧哗。臣愚伏望圣慈，因其避让，特赐指挥追寝旭所被成命。况枢密院副使，已是三员，不致阙事，仍乞不更差填。

奏状同唐介王陶论陈旭乞寝罢除命十二月四日

臣等伏见除枢密直学士陈旭充枢密副使制命之下，深骇人情。伏缘旭先为谏官日，有张彦方者，依托越国夫人宅，诈为官告，卖与富民，广受赃贿。是时京师汹汹，以其事连越国，开封府勘劾不尽，朝廷差朝官杜枢录问，方行举驳，未及施行，漏泄于外，遂改差旭同入都内知代枢录问。旭得此狱，以为奇货，灭裂情节，便为了当。且旭身为谏官，奸邪佞媚如此。陛下观旭此节，可谓正直之臣乎？复自天章阁待制河北都转运使，除知瀛州，与内臣阎士良妓妾饮宴，交相结托；迁龙图阁直学士知成德军，其时文彦博当国，贾昌朝为枢密使，两人方相倾立敌，彦博以旭旧相朋比，遂引知谏院，使为鹰犬。旭明知龙图阁直学士，自是因移成德军。恩典既罢，前命即合辞避，贪窃侥幸，嘿无一言。且旭职为侍从，而附会权臣，苟取名位如此。陛下观旭此节，可为洁廉之士乎？昨知开封府，惟务姑息小人，以干虚誉，经年在府，殊无治状。有百姓诉为内臣史昭镐欠钱近千贯，旭以昭镐是入内都知史志聪、管勾内东门史昭锡亲属，并不理索施行。又皇城司亲从官盖乂入延福宫，捕获送府，臣陶时有奏状，言宫禁之内，理绝非常，而宿卫之人自为奸宄，易衣持仗，夜入宫禁，情状深重，乞下开封府根究本情，重加刑戮。管勾皇城司臣僚重行降黜。旭专为身谋，畏避权幸，却将盖乂作窃盗衣物，计赃定罪，只收竖同保地分人员，并引疏决释放取旨，皇城司官员全不收竖。臣陶当时累有论列，其盖乂蒙枢密院进呈，决配海岛。皇城司官员中书行遣，罚铜戒励。旭意在庇盖，皇城官员殊不以陛下禁卫中奸盗为意，且旭职司辇毂，坏法市私，轻纵奸宄，媚结权幸如此。陛下观此节，可谓公忠淳实之人乎？一旦忽用旭为枢密副使，不知在陛下圣意以旭为正直耶？为洁廉耶？为公忠淳实耶？且宋庠之过，不过昏谬无状耳，固未有如旭前所为奸佞之罪。今罢庠而用旭也，谓之废罪则庶乎；其或谓之进贤，则恐贻陛下知人之失矣。兼外议喧沸，皆谓旭与管勾御药院王世宁通家往复，与史志聪素相交结，力为主张，致此超擢。伏望圣慈察枢密之府，非容奸佞之地，速赐指挥，寝罢旭之除命，以副公议。所是枢密院，已有三员，不至阙事，伏乞更不差填，臣等职有言责，不敢嘿嘿，惟陛下裁择。

奏札论陈旭乞黜守远藩十二月六日

臣等伏见近日除陈旭为枢密副使，物议喧沸，以为不当。臣等已具连署札子，并奏状论列旭奸佞不公事状甚众，乞行罢寝，未蒙施行。窃缘旭有佞邪之才，由径干进，自顷为谏官，代杜枢录问张彦方公事，谄谀贵幸，灭裂情节，便为了当，已为天下正人之所鄙薄。厥后附会宰相，结托中官，苟取禄位，曾不羞愧。昨知开封府日，意在庇盖皇城司内臣，将夜逾禁垣，亲从官盖又引赦释放，取旨其皇城司官员，并不收竖。后又以内臣史昭镐，是入内都知史志聪亲属，勾当内东门史昭锡之弟，欠负进士赵烈屋业钱七八百贯，旭结媚诸史，将词状判收不行。有冀州进纳富民李士安者，京师号为豪右之首，典下中书吏人偷公用银器事发，其银器上有中书字号。士安托旭同居表弟甄昂传达意旨，不行勾追勘断。其甄昂纳士安钱二百贯文，其后更为士安理索私债不少。旭于辇毂之下，作如此等事，欺君罔民，贪浊不公，专务谄悦陛下左右，越次干进，其不被罪废，已为大幸，又况超越流辈，骤入枢府乎？自制命之出，缙绅相顾失色于朝，士林族谈惊骇于外，下至胥吏，莫不笑怪，以旭之命，颇出史志聪等主张，以至传为俚谚，谓旭有三史之力，此言傥著，不惟有污于公朝，实恐上玷于圣德。伏望圣慈下察公议，早赐指挥，罢旭枢密副使之命，黜守远藩。所贵朝廷清明，奸幸屏塞。

奏札乞黜陈旭以革交结权幸之风十二月九日

臣等近累有连署札子，并奏状论列新除陈旭枢密副使，公议不允，乞行罢黜，未蒙施行。伏缘臣等所论列旭奸佞不公事状甚众，且旭为谏官，录问张彦方公事，有所庇盖，而不疏驳，罪一也。知谏院，冒受成德军转官恩命而不辞，为宰相文彦博鹰犬，罪二也。知开封府，宽释夜逾禁垣亲从官，而故出皇城司官员不收竖，罪三也。屈抑进士赵烈，索史昭镐屋业钱七八百贯，词状不行，以谄媚都知史志聪、管勾内东门史昭锡，罪四也。故纵冀州进纳豪民李士安之罪，而同居亲情甄昂取钱二百贯，罪五也。交结勾当御药院王世宁，托为亲属而通家往还，罪六也。自制命之出，缙绅而下，至胥吏辈，传为俚谚，云旭得枢密副使者三史之力，罪七也。旭之曲媚贵幸，交通宦官，私邪不公，干取柄用，罪恶如此，陛下纵不惜一枢密副使以幸旭，其如朝廷何？其如天下公议何？伏望圣慈革奸邪交结权幸之风，杜中人引进柄臣之弊，察政府重任，非佞人由径进取之官，黜旭远方，稍正邦典。

奏札乞早赐宸断屏黜陈旭十二月十三日

臣近以除陈旭充枢密副使不当，曾具状并三次同唐介、王陶连署札子，论列旭私邪事迹，乞行追寝，已是多日，未蒙施行。夫天下治乱，系时政得失之然；朝廷安危，由柄臣邪正之致。故曰，正臣进者，治之表；佞臣进者，乱之基。古人极言，不可不慎。伏惟陛下临御以来，用人固多，其得失邪正，岂逃圣览。凡进一人，公议允矣，人言息矣，斯可谓之得人矣。凡用一人，公议不平矣，人言为不可矣，斯可谓之失人矣。有言责者，岂当好辩哉，是亦逼天下公议，为朝廷斥邪幸之党，杜奸慝之门。当职，然而不得默也。如旭之为谏官，希旨录问张彦方公事，及冒受谏院恩命，附丽大臣；知开封府，宽释逾禁垣亲从官之罪，以庇盖皇城司内官；抑塞赵烈诉史昭镐欠屋业钱词状，而阴结史志聪、史昭锡之援。故京师俚谚，谓旭有三史之力，故纵有罪，豪民李士安废屈邦法，而同居亲情甄昂纳士安贿赂不少，因缘御药院王世宁联亲通家往来。旭作如此等事，一旦骤进枢府，欲使公议允而人言息，其可得乎？《易·无妄》曰"其匪正有眚，不利有攸往。天命不佑，行矣哉"，言居不可妄之世，独用不正之道，以求进往，天不之佑，在时未见其为利也。传曰"见恶，如农夫之务去草焉"，言其勿使滋蔓，为稼穑之害也。《诗》云"式夷式已，无小人殆"，言人君当用平正之人，无近小人，以取危殆也。语曰"远佞人"，言为国者，近便佞之臣，则非其福也。臣愚伏望陛下察视旭之所为，鉴《诗》《易》圣贤之训，救朝廷用人之失，早赐宸断，罢旭枢密副使之命而屏黜之，庶使后来怀私挟诈、无所不至之人，得以为诫。臣无任为国纳忠之至。

奏状论陈旭乞制狱推劾

臣近累具奏状札子论列陈旭充枢密副使不当，至今未蒙施行。伏缘旭素无本末，惟务私邪，附离奸贪，迹状明著，章疏连上，论议口喧。旭不恤廉隅，不知去就，忍耻冒宠，欺天罔民。孔子曰："既得之，患失之。苟患失之，无所不至。"其旭之谓乎？臣愚伏望圣慈察旭之无行，不可处之二府，早赐追夺枢密副使之命，以正邦彝。若陛下犹以臣之言为不实，伏乞检会台谏官，前后论列文字，遣差公正清强臣僚制狱推劾，则旭之所为是非，臣之所言虚实，较然明白矣。圣断决而人言息，中外幸甚。

奏札再论陈旭嘉祐六年正月六日

臣等近累论列新除枢密副使陈旭，奸佞赃私，乞赐罢黜，章奏纷委，未蒙施行。伏以枢机之任得人，系天下安危，朝廷祸福，固非寻常细事。臣等职司谏净，岂敢隐默中止、不为陛下极意弹论者哉？如旭自为谏官，自知开封府，无一风节，为人所称，而奸邪诣佞，结媚权幸之迹，章明较著，在人耳目。如录问张彦方，庇盖越国夫人宅事，轻出夜逾禁垣亲从官，不收竖皇城司，不以宫禁宿卫为意，以结宦官。将赵烈诉索史昭镐屋业钱词状判收不行，以取史昭锡等欢心。同居亲属甄昂请求冀州进纳豪民李士安事，而受钱二百贯。附下罔上，怀谖迷国，贪猥无节，事君不忠之罪，至众甚大。虽陛下圣仁包荒，天地容覆，未忍致旭于理。其中外人心不伏，物论难平，非宜误恩，理在必夺。伏望圣慈出自宸断，其陈旭早赐罢黜，以彰陛下至公无私，从谏求治之盛德。

奏札乞从窜逐以谢陈旭正月十二日

臣等累具连署札子并奏状，及上殿论列，新除枢密副使陈旭奸佞赃私，交结宦官罪状，文字已众，并台官前后章奏纷委，政府中外延首日望，正旭之罪降黜，以快群论。陛下仁恩过厚，未欲致旭于理。其如旭奸邪附会之行，贪墨交结之迹，案牍具在，事理甚明。今以匪人超处枢要，不顾公议，不恤谏净，上损陛下知人之明，次屈朝廷至公之体，胥吏市井，皆知讥笑，不图如此，实骇大猷。倘臣等愚拙之言，不能开悟圣听，即分从窜逐，以谢奸邪，必不敢偷合苟从，上烦陛下言责。伏望圣慈特出宸断，早赐施行，臣等不胜忠愤待罪之至。

奏状论陈旭自乞远贬正月二十二日

臣窃以帝王之德，莫盛于知人，其次无大乎纳谏。故知人，则忠邪判而委寄审；纳谏，则壅蔽开而善恶分。恭惟陛下临御以来，举以二者为意，间或用人有失，必采台谏封章，天下议论，随即罢去。故祸却于将兆，福来于无形。中外以之欣跃，国家以之巩固。而陛下知人纳谏之德，超迈三五，动植咸知。伏自擢陈旭为枢密副使制命之下，中外骇然，既玷陛下知人之明，台谏博采公议，按旭有奸佞之实，附丽权贵，交结宦官，在天府则惟务贪私，居谏垣则但闻阿倚，历条事状，连奏封章，迄今两月，而陛下尚容回邪，未行窜逐，有玷陛下纳谏之德。夫旭身为人臣，智虑百端，巧取富贵，而玷陛下临御以来知人、纳谏之二德，使天下有以讥议，则旭之罪戾，又可逭诛？而况机密要地，兵柄所归，虽当平时，乌可轻授？一旦苟有缓急，如旭岂堪与谋？臣是以忧患未萌，为国远虑，每有论奏，不觉繁多。伏料陛下天地至仁，日月至照，念祖宗创业之重，治乱在官之由，察臣论列之不私，辨旭罪状之甚白，早黜旭于散地，以快天下也，陛下知人、纳谏之二德，庶复焕于今日，而垂光于史册矣。况臣与旭素无雠隙，与臣又是同年及第，臣不敢惜事契风义之失，实可忧朝廷公论之去。若陛下尚以旭为忠正可任，以臣之谏诤为诬，则乞贬臣远方，以谢于旭。在臣诛殛流放，于身不计重轻，惟陛下裁断。

奏札论陈旭乞待罪正月二十七日

臣伏以天子至尊，百辟至众，贤邪尽在，真伪杂然，不用忠言，何以早辨？恭惟皇朝继承四圣，昌明百年，从谏任人，罔不由此。太祖自建隆下诏，令百官转对，故下情上通，公议得进。太宗雍熙中励精求治，改拾遗、补阙为左右司谏、正言，切责丁宁，极言得失。一日谓吕端曰："宰相进贤退不肖，便为称职。"真宗祥符中诏置谏官六员，其略曰："或诏令乖当，官曹涉私，措置失宜，刑赏逾制，并许谏官论奏。"陛下以圣明宽仁之至德，体祖宗咨谋众正之大猷，临御以来，开纳谏诤，纲目振举，虽古之兴王治世，未有逮今日之盛。故左右疑丞，中外臣庶，其贤否邪正，忠佞清浊，无能逃圣鉴者。听正论，采公言，示天下以不私而致然也。伏自去岁罢宋庠枢密使,二府两制同时除拜十三四员,其不叶公议而人言喧甚者,独枢密副使陈旭而已。臣与谏官唐介、王陶洎台官范师道、吕诲等各言旭罪状,章奏纷委,至今两月余日,未蒙降黜施行。臣不避重烦天听,复用条件开陈。谨按,旭早为谏官日,同与入内都知录问张彦方伪印官告事,灭裂情节,附会权贵;知瀛州日,数与钤辖内臣阎士良妓妾饮宴,递相结援;迁龙图阁直学士、知成德军,已受赐赍未到任,间即召知谏院,朋附宰相,指踪击搏;其移成德军,增秩赐金,一切恩典,更不辞避,贪窃观望,为世取笑;及知开封府,轻纵逾禁垣亲从官盖义重罪,盖庇皇城司官员,不行收竖,以阴结本司宦官,殊不以陛下禁卫中奸盗为意;有进士赵烈诉史昭镐欠屋业钱近七百贯,以昭镐是内东门史昭锡兄弟,前后经半年,只理还三十余贯,其间又判收不行,案牍具存;又勾当御药院王世宁与旭并吕诲同是亲戚,吕诲与世宁未尝来往,旭与世宁深相结托,张茂实、王世宁俱是旭联亲,旭拜命之后,乞回避茂实,而不言世宁,隐情欺公,可验深狡,怀谖迷国,见利徇私,巧进百端,无所不至。臣伏思陛下尊居岩廊之上,其臣僚进用有失,虽外议喧沸,人心不平,设非台谏耳目询访,无所顾避,论列以闻,则陛下何从得知?旭所为踪迹,如此乖恶,而未即罢免,是谏台之言,不足听也。大抵近辅枢衡,日与国论,得正人,则天下之幸;用奸邪,则非朝廷之福。伏望圣慈早赐罢旭枢府之命,以副众望。若以旭为正人,可任机要,谓臣之言不足听,即乞窜臣远方,以戒后之言者。臣更不敢趋朝及国子监等处供职,谨归私家待罪。惟圣心裁察。

赵清献公文集卷第十

奏 议

奏状乞在私家听候贬窜_{正月三十日}

臣近累次论列差除陈旭充枢密副使不当，多日未蒙施行。于今月二十七日上殿具札子敷奏，更不敢趋朝，并入谏院等处供职，谨归私家待罪。今准中书札子，奉圣旨令臣依旧供职者，伏念臣疏愚之人，滥膺选用，敢忧身计，务报国恩。枢府误用憸邪，谏列岂宜缄默？无所不至，旭已冒荣；不得其言，臣当被黜。今忠邪未判，则去就决焉。所蒙圣旨指挥，臣只乞在私家待罪，听候贬窜。伏望圣慈早赐宸断，臣卑情无任激切屏营之至。

奏状乞辨陈旭奸邪_{二月四日}

臣等近以陈旭奸邪不当任用为枢密副使，累具论列，不蒙施行，遂各具奏闻，谨归私家待罪。今月四日伏蒙圣慈，差入内高品徐禹臣传宣，奉圣旨令臣等只今赴谏院供职者，伏以佞臣未去，惭言责之难居；使者遽临，荷君恩之至重。伏聆敦谕，深积愧诚。然旭非奸邪，则臣等当坐诬构之诛；如旭实奸邪，则憸人难处机衡之地。仰祈睿圣，终赐辨明，臣等已画时赴谏院供职讫，无任感天荷圣，激切屏营之至。

奏状乞减举人年限俾就廷试二月十一日

臣窃以国家遵祖宗取士之法，每下科诏，其用举数推恩赐第者，所以振恤淹滞，惜其老将至而无成也。伏见近岁行限年之制，进士累举到御前，并到南省，年及五十者，始预恩例。窃缘进士应到累举，大半是未开间岁科场之前，经隔数岁，始得一举，绵历场屋，及五六举，至有三二十年者，艰阻不少。今来举数虽足，及有逾数者，其间多是年未及格，所以不该恩泽，四方孤寒，深可悯恻。臣愚伏望圣慈，体其久在科场，抱负文艺，始能累此举数，特降指挥天下免解举人，举数已足，年未及五十，今来不预南省奏名者，许减五十年之限，俾就廷试，而沾一命，则寒儒无沉沦之嗟，圣朝广搜扬之路，亦忠厚之大端也。

奏札乞早除陈旭外任三月二十一日

臣等昨以陈旭除授枢密院副使不当，累具旭奸邪迹状论奏，不蒙施行。臣等以谏净未从，难以安处，遂各归私家待罪。伏奉圣旨，差中使宣令臣等供职。寻闻陈旭亦有章奏，陈乞外任。臣等伏料圣慈必察公议，遂从其请，而旭未尝引咎，惟务饰非，巧文奸言，移惑圣心，凭借浮辞，聋瞽天下，而复家居称病，苟延时日，阳为退计，以缓言者，包羞冒耻，殆不成人。陛下倚任大臣，置在二府，如此之辈，将安用之？伏望圣慈早赐指挥，除旭外任，所贵中外之人，稍息讥议。

奏疏乞速行退罢陈旭以解天下之惑三月二十六日

臣等闻明主不恶切谏以博观，忠臣不避重诛以直谏，故能叶熙帝载，助正天纲。况臣等职名谏官，实有言责，抱爱君之志，则惟恐朝廷施政缪盭，未跻三代之隆；负忧国之心，则惟惧朝廷任人乖失，未繇众正之路。固不敢隐忠避死，自固身谋，偷合苟容，上孤圣寄，所以退尝待罪，而复起就职，言已忤意，而尚欲极论。惟陛下察其至愚，怜其尽节，究极事理，垂恩听之，则臣等生死幸甚。臣等昨见差除陈旭枢密副使不当，中外讥议，朝廷用人之失。臣等寻具旭奸邪迹状论奏，乞行罢免，百有余日，章十数上，而天慈过仁，未赐省纳。臣等窃以本朝枢密院与中书，谓之两府，均公宰之任，未尝有与中人宦官连姻之人处其任者，岂非本兵之府，职事机密，外司边要，内总武臣，不可使帷幄之内，交通知闻，阴窥人主起居，密伺禁中动静者耶？今王世宁见充御药，居中处要，密近左右，陈旭素号奸邪，贪利忘义，与王世宁是妻家姻戚，居常往还。而陛下开此一端，进用宦官姻戚之人，参领枢柄，使得内外响应，相为表里。臣等恐不惟今日稔养奸恶，可虑非轻，亦恐异时遂为本朝弊政，著在方册，非所以垂永久、示万世之法也。今陈旭诡谲万计，营构党类，阴进邪说，力拒公论，必谓若罢陈旭，则是与前日中外所传，因宦官进用之说相合，如此则上玷圣政，不若坚留陈旭，庶息人疑。嗟夫！邪人之言，荧惑天听，但务封殖奸邪，行其私计，不顾芜秽朝纲，亏损上德，自古至今，使人主不能分别君子小人、邪正之论者，率由于此也。臣等伏闻圣人不以智治国，惟至诚可以化万物；王者不以言动人，惟实行可以感群心。陛下欲弭人疑，而不徇公议，则人疑愈深矣；陛下恐玷圣政，而坚留憸人，则圣政愈伤矣。且今天下之人，谁不知陈旭佞邪，交结中贵之迹耶？天下之人，谁不知陈旭是御药王世宁通家亲戚耶？天下之人，谁不知自太祖开国、太宗、真宗三圣以来，迨陛下临御百有余年，未尝有御药中贵人亲戚入两府之人耶？陛下外不去陈旭，内不罢世宁，以风宪之司，绳纠之任，为不足用；以谏诤之臣，献替之言，为不足听；以历代重选本朝旧规，为不足法。天下之人不可家喻而户晓。臣等伏恐四海之内，莫不疾首，上疑公朝，窃议圣德者矣。伏惟陛下睿哲聪明，圣合尧舜，辉光笃实，性与天道，在宥天下，垂四十年，鉴烛万事，幽隐必达，难名之美，甚盛之德，际天接地，巍巍无穷，而犹兢慎庶政，听言纳谏，如恐不及。此非下臣无知，所敢拟议者也。然臣等更愿陛下驭下之际，慎惜朝纲，用人之方，深存国体，不轻历代至重之名器，不违三圣至公之成规，不开奸人内外交通之弊政，取疑四海，贻讥后世。速行退罢旭之柄用，以解天下之惑，则朝廷清明，而圣政日新，天下不胜大幸。臣等冥焘，惟知事君之义，当尽愚忠，其所以触忌讳、犯威怒，以取罪戾，而不敢避者，亦臣等之职焉。惟陛下察公私、辨邪正，惜朝廷体、绝万世弊，则臣等生死幸甚。

贴黄：伏望圣慈将臣等此疏，披览数次，再赐审虑，独出圣断，或乞将臣等此疏面宣两府。臣僚质问，自来两府大臣，与内官、御药是亲戚，内外并据权要，于朝纲国体，便与不便。昨陈旭进用之初，即合明言御药王世宁是亲戚，自来通家往还，乞罢世宁以避嫌疑。直至外议沸腾，台谏官各有论列弹奏，方始分疏。以此可见，陈旭欺罔陛下，论其情状，合置严诛，岂可更令同与世宁，内外并居权要，上玷圣政，下疑中外。

奏札乞以论陈旭章奏付外施行四月一日

臣等近于三月二十一日连署札子，及二十六日连署上疏各一通，为论列陈旭与御药王世宁通家亲戚，内外并据权要，朝纲国体不便，乞罢旭柄任。窃闻并留中，未赐施行。伏缘臣等所论，系朝廷机密事，自太祖、太宗、真宗逮陛下临御以来，百有余年，未尝进用权要、宦官亲戚之人入两府。今来陛下，开此一端，不惟不可传示后世。臣等伏恐天下之人，仰疑公朝，窃议圣政，实于盛德，所损不细。况陈旭奸邪之雄，士论疑畏。伏望圣慈察此，事体至大，不以为寻常章奏，早赐付外施行。臣等无任纳忠尽节激切之至。

奏札论陈旭乞闲漫州军差遣四月四日

臣等昨以除陈旭枢密副使不当，中外怪骇，议论喧沸，累具论奏，并归私家待罪。寻蒙陛下差内臣传宣，令臣赴谏院供职，日久未蒙施行。臣再与唐介、王陶同具札子及上疏，共三道，言旭事状，并未赐省纳。臣伏思谏净之职，实陛下耳目之任。今耳闻朝廷任人之失，目击枢府奸佞之进，若顾避喑嘿，自为身谋，偷安苟容，则罪不容诛矣。迨今半年，章十数上，所惜者众议，所重者国体，陛下乃以陈旭为不足去，以天下公论为不足取，以朝廷纪纲为不足惜，以台谏切至之言为不足听，使黑白杂糅，污洁混淆，正佞一同，忠邪不判。臣尚且贪恋宠禄，号为谏官，惭腼心颜，孤负任使。陛下既不罢旭柄用，又欲俾臣并立两全，蒙垢包羞，万无此理。臣愚伏望圣慈罢臣谏职，黜臣远方，以弭人言，以诫不职。恭惟陛下天赋仁圣，德侔覆载，傥或尚宽罪戾，未加诛窜，即乞除臣东南，不以远近，一闲漫州军差遣，宣风泽民，亦足以副陛下求治之意，不胜幸甚，无任祈天俟命、激切屏营之至。

奏状论程戡纵夏国酋长入境乞罢职任四月八月

臣窃见夏国每年进奉乾元节差使副各一员，今岁改更旧例，罢去副使，而辄遣酋长二员。入境之初，其延州程戡，略无止遏，昧于折冲，致此西戎，殊不畏惮，轻窥中国，寖长贪心。帅臣如此非才，朝廷将何倚赖。昔魏尚守云中，匈奴不敢近塞。今戡当方面之重寄，纵西人变使介之常规，生事启奸，窃惧未已。臣伏望圣慈早赐指挥，罢戡经略职任，别选有威名臣僚，俾之镇抚，一以使边方知劝，一以令银夏畏威。

奏状乞罢天下均税四月十六日

臣去岁为诸路均税事，尝论奏其扰民不便，至今未蒙施行。窃闻卫州百姓，动数百人诣阙陈诉，为均税官员，将逐县版簿上诸色欠阙，诡名夏秋税钱，一并增起编户旧额，几及大半之赋，名为均平，实则偏重。千里嗟怨，殆无生意。又曹州南华县所差官员量方田，多用小杖笞掠百姓，逮千余人，甚者至一二百杖子，抑勒承认，莫非威虐，兼闻诸处例皆望风希旨，冒赏贪功，烦扰掊克，农事疲废，已踰半年。民有不胜愁苦，至自经沟壑者，恐非朝廷忧民恤农、宁邦固本之意。今不即早图，大惧因缘饥馑，乘衅生事。况迩来诸路雨泽愆亢，麦苗枯槁，当此之际，人心靡遑。臣愚伏望圣慈早赐指挥，停罢天下均税，其见差去官员，悉令追还，以慰安元元。

奏札以论陈旭再乞知州军差遣

臣处谏垣而职不修，当言路而事无补，徒哺啜自奉诸已，将面目何施于人，靡遑宁居，日迫公议，夺官逐外，于分为甘。臣昨以除陈旭充枢密副使不当，累具论奏，不蒙省纳，退居待罪，复令入朝。章疏虽繁，有如投石；奸邪不动，何异拔山。臣此月四日上殿，再具札子敷奏，若陛下以陈旭之所为皆是，以臣之所言悉非，以陈旭为无过，以臣为得不宜言之罪，则愿黜臣远方，以戒后来之喋喋者。若陛下仁厚矜恕，未赐诛窜，则乞除臣向南沿流，不以远近，一知州军差遣，至今未蒙施行。伏望圣慈早赐允臣所乞，臣无任祈天俟命、激切屏营之至。

奏札乞留右正言王陶在院供职四月二十五日

臣伏睹敕命差右正言王陶知卫州，此盖朝廷以陶疾病，乞补外任，遂从其请。缘陶在谏院供职未久，又与臣等连署论列，差除陈旭不当，未蒙施行。今陶乃因病得退，外议未平，以为迹涉避事。况陶今已痊安，已赴朝请。伏望圣慈且留陶在院供职。

奏札乞罢制置条例司及诸路提举官_{熙宁三年三月}

　　臣近以制置条例司遣使四十余人，驰传天下，人情惊骇，物论喧哗，累具奏陈，并与宰臣等数尝面奏，乞罢诸路提举官属其常平等事，一切责成监司，信赏必罚，孰敢慢者。而王安石强辩自用，动辄忿争，以天下之公论，为流俗之浮议，顺非文过，违众罔民。近制置司所差官如张次山、吴师孟、范世京等七八人，恳辞勇退，惟恐不得所请。夫要职显仕，人之所欲，彼不愿就者，盖知事悉乖戾，不敢当之。昨日安石再举西川福建提举官四员，其复如此上烦言者，是所谓恶醉而强酒也。近臣侍从台谏官，力言制置司不便，司马光因罢枢密副使之命，中外人情，莫不怪骇。李常居家待罪多日，孙觉、张戬、程颢三人，各与安石论列于中书。又悉尝上殿乞罢言职。今日吕公著、范镇俱请郡。朝廷事有轻重，体有大小，以言乎财利，于事为轻，而天下之民心得失为重矣；以言乎提举官，于体为小，而禁近耳目之臣用舍为大矣。今夫不罢财利，而失天下民心，是去重而取轻也；不罢提举官，而弃禁近耳目之臣，是失大而得小也。今中外人情，恟恟如此，更乞酌事之重，惜体之大，罢其轻者小者，变祸为福，易于反掌尔。按本传、神道碑，公时为参知政事，王介甫用事，公委斥其不便，韩魏公上疏，极论青苗法。上语执政令罢之时，介甫家居求去。公曰："新法，皆安石所建，不若俟其出。"暨介甫出，持之愈坚。公大悔恨，即上书，乃恳乞去位。四上章，不许。复三上章，遂以资政殿学士知杭州。

表　状

知睦州到任谢上表嘉祐二年正月二十四日

臣某言，伏奉敕差知睦州军州事，已于今月二十四日，赴本任讫。恳牍宸庭，奉俞音而与幸；剖符乡郡，抚孤迹以为荣。旧职仍存，先庐许过。臣某中谢。臣草莱贱士，簪绂盛时，常念疏愚，践风宪纪纲之地；岂宜暗嘿，辜朝廷耳目之司。害于政而必陈，局于嫌而当避。岂谓伏蒙皇帝陛下圣慈下察，人欲俯从，霁以天威，未加伏锧之戮；委之郡绂，因令衣绣而归。况复吴分上游，严陵古处，佳山水以乐圣旦，见吏民以宣上恩，敢忘夙夜之心，誓答乾坤之造。臣无任

谢恤刑诏书表

臣某言，今月二十日进奏院递到敕书一道，赐臣钦恤刑狱者，臣已逐件施行讫。隆暑在候，严宸轸忧，将期率土之滨，不使一物失所，俯矜留絷，仰戴明仁。臣某中谢。恭惟皇帝陛下盛德如乾坤，至仁若尧舜。属兹大夏，念尔多方。博爱无私，遽下丁宁之诏；得情勿喜，俾知宽大之恩。臣忝分千里之符，亲沐九天之泽。省视囹圄之系，下无冤人；布宣朝廷之文，上助和气。臣无任

梓州路转运使到任谢上表嘉祐三年七月十七日

臣某言，伏奉敕就差充梓州路转运使，已于今月十七日到任，交割勾当讫。乞郡还吴，愧未及期而报政；拜恩入蜀，误令将节以宣风。宠数固优，烦言岂

逭？臣某中谢。伏念臣禀性暗拙，逢辰昌明，比由郎曹，骤入台选。指奸救弊，敢思身计以自容；极口输诚，知有主恩而上报。属避嫌而惜体，幸得请以便私。乡郡颁条①，才遂归与之乐；宸纶徙命，俾持使者之权。窃愧冥顽，特膺寄任，遽托家于甫上，即驰传于潼中。八千里舟车之劳，敢辞艰险；十四郡兵农之务，期尽绥调。惟惧无堪之才，尚贻不称之刺。斯盖伏遇皇帝陛下，听纳谠论，悯怜孤忠，不遗风宪之远臣，使分漕挽之外计，臣敢不始终一节，夙夜乃心，奉近诏督察之文，识本朝澄清之意。损无名暴横之敛，所以存远人；去不逞猥墨之徒，所以激污俗。民吏以戒，边疆以宁，实将助风化之源，岂独取财赋之足。少答中宸之赐，用宽西顾之忧。臣无任

益州路转运使到任谢上表

臣某言，今月十一日进奏院递到敕牒一道，蒙恩就差臣权益州路转运使，已于二十三日到任讫。领漕左潼，仅能逾月；移司西夏，只是邻邦。宠命非常，惊怀失次。臣某中谢。伏念臣本缘寒士，窃慕古人，素非事业之长，偶入风宪之选。南台二岁，勉竭孤忠；左渐一麾，惭无异迹。未几被中宸之命，误令分外计之权。虔署涪川，不遑于暖席；改辕蜀部，忽拜于朝缙。而况地雄井络之区，古重蚕丛之国。惟是输将之寄，宜求特杰之才。均民赋庸，赡国储侍。部封违法者，刺举以正其罪；官属首心者，荐扬以达于朝。洁廉乎贪邪之风，敦厚乎偷薄之俗。至使夷獠威服，兵民惠安。以宽圣朝之忧，以宣治主之泽②。岂伊愚品，辄付重权。惧清议之未平，在烦言而曷逭。兹盖伏遇皇帝陛下，体尧仁智，越舜聪明，谓其草芥之贱微，尝纳刍荛之议论。俯怜孤外，不使遐遗，亟回乾造之恩，俾易坤维之任。臣敢不冰霜其操，松柏乃心，澄清必自于身先，安有家

---

① "颁"字原作"颂"，据宋刻本改。

② "主"字原作"土"，据宋刻本改。

为之顾；职业已充于已任，冀专国计之忠。庶几治行之成，少答圣恩之赐。臣无任

知虔州到任谢上表嘉祐六年十一月十三日

臣某言，伏奉敕差知虔州军州事，已于今月十三日到任讫。无状立朝，日虞公议之迫；以言得郡，恩出宸俞之优。内省孤疏，但深荣惧。臣某中谢。伏念臣愚不可进，学无所长，忝位朝闱，滥巾宪府，独谓君恩之足报，孰知身计之为谋。二浙守麾，抚俗庶几于乐职；两川将漕，竭诚幸免于瘝官。岂图帝检之来，俄有谏垣之召。念拾遗补阙之寄，非钳口结舌之司。若言行计从，虽久次，臣谓可也；苟备员承乏，或骤迁，臣实羞之。惧失诤臣之风，愿为剧郡之请。俯从私欲，仰荷朝金。且虔虽远方，而衢乃便道。过家上冢，恳章得尽于哀荣；跋山涉川，之任敢辞于艰险？而况枢臣报罢，物议有归。广圣君从谏之名，遂微臣纳忠之志。实寒士逢时之盛，获谏官出守之荣。自惟所得之已多，尚虞不称之贻诮。斯盖伏遇皇帝陛下涵容光大，仁圣聪明，求治则所以思贤人，好问未尝深罪言者。不弃刍荛之贱，俾分符竹之权。惟兹赣川，控彼南粤，负贩常为群盗，不下一千余人；疆畛最远他邦，动经八九百里。刑无虚日，俗未向风。臣敢不勤瘁公家，谋惟夙夜，颁宣宽诏，抚驭远人。勿烦南顾之忧，少酬北阙之寄。臣无任

守殿中侍御史举屯田员外郎方任自代状至和元年八月

准先降敕节文，应两省台官尚书六品诸司四品以上授官讫，具表让一名自代者。臣伏睹新通判北京屯田员外郎方任，操履端平，才识通敏。凡所临莅，臣实不如。今举自代。

举睦州寿昌县令郑谔状_{嘉祐二年二月一日又三月二十一日}

臣伏睹本州寿昌县令郑谔，为性纯静，守官恪勤。今保举堪充京官亲民任使。

举睦州分水县令江震状_{二月二日又三月二十一日}

臣伏睹本州分水县令江震，能修官方，甚得民誉。今保举堪充京官亲民任使。

举睦州巡茶盐董诏状_{嘉祐六年五月六日}

臣伏睹三班奉职本州巡茶盐董诏，公勤廉干，勾当得事。今保举堪充沿边繁难任使。

举监睦州清酒务白昭明状

臣伏睹右班殿直监本州在城清酒务白昭明，临莅局务，廉谨精干。今保举堪充沿边繁难任使。其人兄昭逊，见任供备库副使。

举睦州兵马都监魏寅状_{嘉祐十年六月二十六日}

臣伏睹左侍禁本州兵马都监兼在城巡检魏寅，奉公灭私，所守不懈。今保举堪充沿边任使。

举睦州团练推官姚甫状

臣伏睹本州团练推官姚甫，入幕四年，备见廉干。今保举充京官亲民任使。

举睦州司理参军连希元状

臣伏睹本州司理参军连希元，治狱尽心，持平向正。今保举充京官亲民任使。

举睦州建德县令周演状

臣伏睹本州建德县令周演，勤劳县道，治迹有称。今保举充京官亲民任使。

举睦州司法参军朱伯玉状

臣伏睹本州司法参军朱伯玉，守法奉公，久而益固。今保举充县令任使。

奏状乞将合转官资回赠兄

臣昨任屯田员外郎，通判泗州日，合该磨勘转官。臣为有故兄振，于臣教育之恩素厚，臣其时更不投下磨勘文字，两次具状恳奏，乞将合转官资，回赠故兄振一命名目，未蒙俞允。间寻奉恩，除授臣台官。后来更不敢再三烦浼朝廷。近睹敕命，今后京朝官磨勘，更不令本官投下文字，宜令审官院举行。本院一例告示，供称家状去讫。窃恐审官院不久申奏，与臣转官。载念臣幼失怙恃，生于孤寒。若兄之视臣，如父之亲子。欲报之德，义均罔极。况故兄本房并无子孙存在，臣今再欲乞将合转官资，回赠故兄振一文资名目恩泽。伏望圣慈哀矜，俯从人欲，特赐指挥施行，臣无任恳迫、激切屏营之至。

行右司谏举尚书度支员外郎苏寀自代状 _{嘉祐五年八月三日}

臣伏见尚书度支员外郎苏采，为性耿介，处身清修，持平徇公，为众称道，凡所临向，臣实不如。今举自代。

举丘与权充直讲状 _{十月十日}

臣勘会国子监直讲王逢，准敕差通判徐州。伏见新授福州闽县主簿丘与权，有文学士行。顷尝伏阙，闲居建州数年，乡里生徒，从学近百余人，孜孜诲诱不倦。前后任充汀州府并苏州教授，所至学者如归。今其尚困州县之职，固穷守道，未始陨获。臣今保举，堪充国子监直讲，替王逢满阙。如经擢用后犯正入己赃，并不如所举，甘当同罪。如蒙俞允，许令依钱藻、孙思恭例，权入监供职，待次充填，所贵讲授得人。

举礼宾副使李泰合门祗候魏筌充将领状

准先节文于诸司使以下，至三班使臣内，举二人充将领及行阵战斗使唤者。

臣伏睹礼宾副使李泰，勇敢负忠义;阁门祗候魏筌才敏有机略。臣今保举，并堪充将领及行阵战斗任使。如蒙朝廷擢用，后不如所举，甘当同罪。

举六宅副使王沈充将领内殿崇班刘辅充行阵战斗状

臣伏睹六宅副使王沈，谋智有闻，今保举堪充将领。内殿崇班刘辅，胆勇可尚，今保举堪充行阵战斗。其王沈、刘辅如蒙朝廷擢用，后不如所举，甘当同罪。

杂　文

记
章贡台记

江右遐陬，南康古郡，水别二派，来数百里，贡源新乐，章出大庾，合流城郭，于文为赣，奇峰怪岩，环视万状。予嘉祐六年夏四月，以言出守，仲冬始至视事。属岁穰盗息，渝剧成简，英僚佳宾，间为观游，望阙郁孤，轩豁于前，皂盖白鹊，瞰临左右。然是四者，于郡佳山水，所得似或未备。披图访古，治西北隅有野景亭，旧址隳圮。于是劚榛剪蔓，复屋其上。前所谓二水为赣，离合气象，左右拥抱，一举目无毫发遗处。既而命俦举觞，援笔为记，以新其名，为章贡台云。盖不失实也。明年六月二十三日记。

龙游县新修舍利塔院记

夫源已深，日加浚；根已固，月加培。彼培浚千万人，一二人焉将堙筑拔绝，俾派涸枝槁，闭室颠踣，吾不识其为可也。浮屠氏法，始汉明帝时入中国。荧荧乎魏晋，煌煌乎宋齐，烜赫炽炎乎梁陈周隋之间。王公卿士，上焉而倡导；豪贾大姓，下焉而服从。父提子手，不释不归；兄诏弟耳，不佛不师。货贝玉帛，怿乐弃施；肤发支体，无所爱希。州供里养，家擎户跽。祈利益，怖罪苦。心诚力勤，一以宗乎其教，如趋市然。有金碧丹刻，制拟王者，不为之僭，炎而凉，寒而燠，钟鼓而食，不为之泰。唐高祖念其如是也，用傅奕益兵蕃生术，武德中，将持断力行。会建成之变，禅代已画于中道。明皇开元初，宰相姚崇籍其徒无状者，发男女二万人。武宗听罗浮道士议，会昌五年诏坏寺招提兰若合四万四千，还其人二十六万。宣宗即位，愤道士议者，戮于市数人，遂复成树建。巢贼兵火，五代乱离，既涸而浮，既窒而流，既槁而荣，既踣而兴，其故何哉？源素深，根素固也。国朝四圣垂八十年，又日浚而月培之。今四海九州，其居其人之数，后不减于会昌前。呜呼，其盛矣乎？虽所谓一二人焉，其亦如之何哉？古太末之地，有舍利塔院，年祀弥远，栋败梁仆。邑人江延厚遽新其废，建释迦殿与其像，崇崇耽耽，轮奂繁靡，因而增葺之，曰法堂，曰方丈，曰门，曰廊，曰官院，无虑用四百万钱。起明道二年九月九日，讫庆历四年六月十九日。院成，明年十月十二日始为记，京兆慎东莱书。

铭

新建舍利塔铭

修身治心，得佛之深。清净慈智，乃佛之事。相好颙颙，金碧穿穿。虽曰外饰，俾人内恭。斯庙有塔，是瞻是崇。完坚勿隳，永为无穷。嘉祐三祀，素秋之季，建者江氏，铭为之识。

徐夫人墓表铭

夫人徐氏，故陕西提点刑狱尚书屯田郎中讳泌之女，母曰汝南县君叶氏。夫人性宜家，晓义理。归进士吴君颖，尽妇道，事舅姑以孝，终身人不见其懈。君以文名于时，先夫人二十五年无禄而亡。夫人确诚洁行，训覆诸孤，严整有法。治平三年八月三日以疾终，享年六十八。其所备棺衾，至窆圹之事，与属纩之日时，夫人皆能预言之，无一毫差。夫人生平慈悯，乐施恶杀，日诵浮屠书。待内外亲族，莫不以义，善著于乡学。凡友朋至其门，则悉力为具；邻里急难，有不给者，辍所有以济，虽贫无憾。死之日，远近老少，涕洟赍咨。子男三人：组、绪、纯，悉孝弟读书，有举业。女二人，长适陈旦，次适徐毅，并尝获乡老荐。

诸孤从治命，明年十二月十六日就所居第之东山，徙浮石吕坦吴君之枢合葬焉。
抃之母赠彭城郡太君，夫人之姊也。继赠天水郡太君，于夫人为妹也。组不惮
极远，縣太末来剑南西川，求铭于抃，其勤已如此。抃，徐出也，于夫人为最
亲，不得辞。铭曰：夫人至性，孝睦介正^①。逝刻藏所，一出治命。明哉贤乎，
文埶可馨。丐铭万里，是谓子令。

赞

光孝禅院真身定光如来赞

散圣初来似狂走，盘飧一日一巘首。逆行坐脱世始知，古佛之光化希有。
教言能伏灾风火，大士同慈喧众口。为霖救旱享克诚，响应未尝渝所守。衢人
知恩思报恩，广殿深堂宜不朽。

颂

明果寺证真塔颂

禅师大种智，神护靡惮劳。投身千仞台，不使损一毫。乐天询法要，辨
答奔云涛。至今灵骨在，白浪滔天高。

寿茔颂

吾政已致，寿七十二。百岁之后，归此山地。彼真法身，不即不离。充满大千，
普现悲智。不可得藏，不可得置。寿茔之说，如是如是。

---

① 介，原作"分"，据宋刻本改。

疏

定业禅院请慧觉长老住持开堂疏

夫如来法无异同，众生根有利钝。上焉者纯一不杂，下焉者余二非真。太慈则舍实从权，顿悟则离凡即圣。举黄叶，则小儿之啼暂止；询白练，则先师之意愈明。古有宗门，今传法要。觉师长老机先电掣，行企山高。辄由鹫岭之禅林，来应龟城之使旨。门外榜子湖之犬，神力复兴；堂中示南山之蛇，禅魔竞伏。作大狮子之吼，今正是时；认贤主人之勤，无或多避。

赵清献公文集补遗

觉林寺

古寺无碑刻，僧云不记年。

自余安所问，惟是爱林泉。

子湖院

谷水曹溪一滴通，烂柯原是妙高峰。

子湖有狗无人会，我欲凭诗寄老踪。

题赠余庆院无隐大师

松桧成阴夹径寒，喧卑无路得相关。

因嗟世利方为市，故掩庵扉独占山。

薄俗性随红叶□，上人心与白云闲。

殷勤约我休官后，深筑邻斋数往还。

登真岩

殿阁凌空锁翠岚，雪晴春色在松杉。

芝骈羽驾归何处，留得双乌宿旧岩。

九峰岩

龙丘石室人难继，安正书堂世莫登。

但见烟萝最高处，九峰排列一层层。

赵清献公文集附录

国史本传

赵抃，字阅道，衢州西安人。进士及第，为武安军节度推官。人有赦前伪造印，更赦而用者，法吏当以死。抃曰："赦前不用，赦后不造，不当死。"谳而生之。知崇安、海陵、江原三县，通判泗州。濠守给士卒廪赐，不如法，声欲变。守惧，日未夕，辄闭门不出。转运使檄抃摄治。抃至，从容如平时。翰林学士曾公亮未之识，荐为殿中侍御史，弹劾不避权幸，声称凛然，京师目为铁面御史。其言务欲朝廷别白君子小人，以谓"小人虽小过，当力排而绝之；君子不幸诖误，当保全爱惜，以成就其德"。温成后之丧，刘沆以参知政事监护，及为相，领事如初。抃论其当罢，以全国体。又言宰相陈执中不学无术，宣徽使王拱辰平生丕正，枢密使王德用不称职，皆罢去。吴充、鞠真卿、刁约以治礼院吏，马遵、吕景初、吴中复以论梁适继被逐。抃言其故，悉召还。吕溱、蔡襄、吴奎、韩绛既出守，欧阳修、贾黯复求郡，抃言"近日正人端士纷纷引去，侍从之贤如修辈无几，今皆欲去者，以正色立朝不能诣事权要，伤之者众耳"。修、黯由是不去。居二年，请知睦州，移梓州、益州路转运使。蜀地远民弱，吏肆为不法，州郡公相馈饷。抃以身帅之，蜀风为之一变。穷城小邑，或生而不识使者，抃无所不至，父老惊喜相慰，奸吏亦竦。召为右司谏，内侍邓保信引退兵董吉烧炼禁中，抃以文成、五利、郑普思、郑注为比力论之。陈升之副枢密，抃言其进不以道，章二十上，与之俱罢。抃知虔州。虔素难治，抃御之严而不苛，召戒诸县令，使人自为治。令皆喜，争尽力。岭外士大夫不幸死，多无以为归。抃造舟百艘，移告诸郡曰："仕宦之家，有不能归者，皆于我乎出。"于是至者相继，悉授以舟，并济其道里费使之。比入为侍御史知杂事、度支副使，进天章阁待制、河北都转运使。时贾昌朝以故相守魏，抃将阅视帑庾，昌朝使来告曰："前此，监司未有按视吾府者。"抃曰："舍是，列郡不服矣。"竟往焉。昌朝不悦。初，有诏募义勇，过期不能办，官吏当坐者八百人。抃被旨督其事，请宽之，以俟农隙。从之，坐者获免，而募亦随足。昌朝始愧服。加龙图阁直学士，知成都，以宽为治。抃向使蜀，已有聚为妖祀者，峻法以绳之。及是，复有此狱，皆谓不免。抃察其亡它，曰："是特酒食过耳。"刑首恶而释余人。蜀人大悦。英宗称为中和之政。神宗立，召知谏院。故事：自成都还者，将大用，必更省府，不为谏官，大臣以为疑。帝曰："吾赖其言耳，苟欲用之，何伤？"及谢，帝曰："闻卿匹马入蜀，以一琴一龟自随，为政简易，亦称是乎。"未几，擢参知政事，抃感顾知遇，朝政有未协，必密启闻，帝手诏褒答。王安石用事，抃斥其不便。韩琦上疏极论青苗法，帝语执政，令罢之。时安石家居求去，抃曰："新法皆安石所建，不若俟其出。"既安石出，持之愈坚。抃大悔恨，即上书，制置条例司，遣使者四十辈，骚动天下。安石强辩自用，诋天下之公论，以为一流俗，违众罔民，顺非文过。近者台谏侍从，多以言不听而去。司马光除枢密，不肯拜。且事有轻重，体有大小，财利于事为轻，而民心得失为重。青苗使者于体为小，而禁近耳目之臣用舍为大。今去重而取轻，失大而得小，惧非宗庙社稷之福也。奏入，恳乞去位，拜资政殿学士，知杭州，改青州。京东旱，蝗及境，遇风退飞，堕水而尽。熙宁五年，加大学士，复知成都。帝遣中贵人召见，劳之，曰："前此，未有执政往者，能为朕行乎？"对曰："陛下有言即法也，岂问例哉？"帝大喜。因乞以便宜从事，即日辞行。至部，益尚宽。有卒长立堂下呼谕之，曰："吾与汝年相若，吾以一身入蜀，为天子抚一方，汝亦宜清谨畏戢以率众。比戍还，得余资，特归为室家计，可也。"人知抃有善意，相告勿为恶。剑州民私作僧牒度人，或以谋逆告，抃不畀狱吏，以意决之，悉从轻比。或谤其纵逆党，朝廷取其狱阅之，皆与法合。茂州夷剽境上，惧讨乞降，愿杀婢受盟。抃使易以三牲，夷欢呼听命。再阅岁，乞归，知越州。吴越大饥，民死者过半，抃尽救荒之术，生者得食，病者疗，死者葬，下令修城，使得食其力。复徙杭，遂以太子少保致仕。帝见其子屼，问抃甚厚，使提举两浙常平，以便养。屼奉抃遍游诸名山，吴人以为荣。元丰七年薨，年七十七，赠太子少师，谥清献。抃长厚清修，平生不治资业，不蓄声伎，颛为恻隐济众事。嫁兄弟之女十数，它孤女二十余人，施德惇贫，盖不可胜数。其为政善因俗施设，宽猛不同，在虔与成都尤为世所称道。神宗每诏二郡守，必以抃为言，要之以惠利为本。晚学道家养气安心之术，将终，与屼诀，词气不乱，安坐而殁。

史臣曰：□□在宥天下四十二年，万几之务，属诸辅相，如穹苍赫临，听其主宰，略无毫发有心于其间。及御史、谏官有言，随即罢去。得文帝之仁，而宽不至于纵；致孝宣之治，而明不至于察。故赵抃、唐介得以危言正论，日陈于前。君臣相须，于是为盛。抃治民忠厚，侔古之遗爱。介始终一节，合古之遗直。屼与淑问用虽不究，尽能称其家者。

神道碑

苏　轼

故太子少师清献赵公既薨之三年，其子屼除丧，来告于朝，曰："先臣既葬，而墓隧之碑无名与文，无以昭示来世。敢以请。"天子曰："嘻！兹予先正，以惠术抚民，如郑子产；以忠言摩上，如晋叔向。"乃以"爱直"名其碑。而又命臣轼为之文。

臣轼逮事仁宗皇帝。盖尝窃观天地之盛德，而窥日月之末光矣。未尝行也，而万事莫不毕举；未尝视也，而万物莫不毕见。非有他术也，善于用人而已。惟清献公擢自御史。是时将用谏官御史，必取天下第一流，非学术才行备具为一世所高者不与。用之至重，故言行计从，有不十年而为近臣者；言不当，有不旋踵而黜者。是非明辨，而赏罚必信，故士居其官者少妄，而天子穆然无为，坐视其成，奸宄消亡而忠良全安，此则清献公与其僚之功也。

公讳抃，字阅道，其先京兆奉天人。唐德宗世，植为岭南节度使。植生隐，为中书侍郎。隐生光逢、光裔，并掌内外制，皆为唐闻人。五代之乱，徙家于越，公则植之十世从孙也。曾祖讳昙，深州司户参军。祖讳湘，庐州庐江尉，始家于衢，遂为西安人。考讳亚才，广州南海主簿。公既贵，赠曾祖太子太保，妣，陈氏安国太夫人。祖司徒，妣袁氏，崇国太夫人；俞氏，光国太夫人。考，开府仪同三司，封荣国公，妣徐氏，魏国太夫人；徐氏，越国太夫人。

公少孤且贫，刻意力学，中景祐元年进士乙科，为武安军节度推官。民有伪造印者，吏皆以为当死。公独曰："造在赦前，而用在赦后。赦前不用，赦后不造，法皆不死。"遂以疑谳之，卒免死。一府皆服。阅岁，举监潭之粮料。岁满改著作佐郎，知建州崇安，徙通判宜州。卒有杀人当死者，方系狱，病痈未溃。公使医疗之，得不瘐死，会赦以免。公爱人之周，类如此。未几，以越国丧，庐于墓三年，不宿于家。县榜其所居里为孝弟，处士孙处为作《孝子传》。终丧，起知泰州海陵，复知蜀州江原，还，通判泗州。泗守昏不事事，监司欲罢遣之，公独左右其政，而晦其所以然，使若权不已出者，守得以善去。濠守以廪赐不如法，士卒谋欲为变，或以告，守恐怖。日未夕，辄闭门不出。转运使徙公治濠。公至从容如平日。濠以无事。曾公亮为翰林学士，未识公，而以台官荐，召为殿中侍御史，弹劾不避权幸，京师号公铁面御史。其言常欲朝廷别白君子小人，以谓小人虽小过，当力排而绝之，后乃无患；君子不幸而有谇误，当保持爱惜，以成就其德。故言事虽切，而人不厌。温成皇后方葬，始命参知政事刘沆监护其役，及沆为相，而领事如故。公论其当罢，以全国体。复言宰相陈执中不学无术，且多过失，章十二上，执中卒罢去。王拱辰奉使契丹，还为宣徽使。公言拱辰平生所为，及奉使不如法事，命遂寝。复言枢密使王德用、翰林学士李淑不称职，皆罢去。是时邵必为开封推官，以前任常州失入徒罪自举，遇赦而犹罢，监邵武酒税。吴充、鞠真卿发礼院吏代书事吏以赎论，而充、真卿皆出知军。吕景初、马遵、吴中复弹奏梁适，适以罢相，而景初等随亦被逐。冯景言、吴充、鞠真卿、刁约不当以无罪黜，而京亦夺修起居注。公皆力言其非是，必以复职知军。充、真卿、约、景初、遵皆召还京中，复皆许补故阙。先是，吕溱出守徐，蔡襄守泉，吴奎守寿，韩绛守河阳，已而欧阳修乞蔡，贾黯乞荆南。公即上言，近日正人贤士，纷纷引去，忧国之士，为之寒心。侍从之贤如修辈无几，今皆欲请郡者，以正色立朝，不能诌事权要，伤之者众耳。修等由此不去，一时名臣，赖之以安。仁宗晚岁不豫，而太子未定，中外讻惧，及上既康复，公请择宗室贤子弟教育于宫中，封建任使，以示天下大本。已而求郡得睦，睦岁为杭市羊，公为移文却之。民籍有茶税而无茶地，公为奏蠲之，民至今称焉。移充梓州路转运使。未几，移益两蜀，地远而民弱，吏恣为不法，州郡以酒食相馈饷，衙前治厨传，破家相属也。公身帅以俭，不从者请以违制坐之，蜀风为之一变。穷城小邑，民或生而不识使者，公行部无所不至，父老惊喜相慰，奸吏亦竦。

以右司谏召，论事不折如前。入内副都知邓保信引退兵董吉以烧炼出入禁中，公言汉文成、五利，唐普思、静能、李训、郑注，多依宦官以结主，假药术以市奸者也。其渐不可启。宋庠为枢密使，选用武臣，多不如旧法，至有诉于上前者，公陈其不可。陈升之除枢密副使，公与唐介、吕海、范师道同言升之交结宦官，进不以道，章二十余上，不省，即居家待罪，诏强起之，乃乞补外。二人皆相次去位，公与言者亦罢。公得虔州，地远而民好讼，人谓公不乐。公欣然过家上冢而去。既至，遇吏民简易，严而不苛，悉召诸县令告之：为令当自任事，勿以事诿郡。苟事办而民悦，吾一无所问。令皆喜，争尽力。虔事为少，狱以屡空。改修盐法，疏凿赣石，民赖其利。虔当二广之冲，行者常自此易舟而北，公间取余材，造舟得百艘，移二广诸郡，曰："仕宦之家，有父兄没而不能归者，皆移文以遣，当具舟载之。"至者悉授以舟，复量给公使物，归者相继于道。朝廷闻公治有余力，召知御史杂事。不阅月，为度支副使。

英宗即位，奉使契丹。还，未至，除天章阁待制、河北都转运使。时贾昌朝以使相判大名府，公欲按视府事，昌朝遣属来告，曰："前此，监司未有按视吾事者，公虽欲举职，恐事有不应法，奈何？"公曰："舍大名则列郡不服矣。"即往视之。昌朝初不说也。前此有诏募义勇，过期不足者徒二年。州郡不时办，官吏当坐者八百余人。公被旨督其事，奏言"河朔频岁丰熟，故募不如数，请宽其罪，以俟农隙"从之。坐者得免，而募亦随足，昌朝乃愧服，曰："名不虚得矣。"

旋除龙图阁直学士，知成都。公以宽治蜀，蜀人安之。初，公为转运使，言蜀人有以妖祀聚众为不法者，其首既死，其为从者宜将黥配。及为成都，适有此狱，其人皆惧，意公必尽用法。公察其无它，曰："是特坐樽酒至此耳。"刑其为首者，余皆释去。蜀人愈爱之。会荣谞除转运使，陛辞。上面谕曰："赵某为成都，中和之政也。"神宗即位，召知谏院。故事：近臣自成都还，将大用，必更省府，不为谏官。大臣为言。上曰："用赵某为谏官，赖其言耳；苟欲用之，何伤？"及谢，上谓公："闻卿匹马入蜀，以一琴一龟自随，为政简易，亦称是耶？"公知上意，将用其言，即上疏论吕诲、傅尧俞、范纯仁、吕大防、赵瞻、赵鼎、马默皆骨鲠敢言，久谴不复，无以慰搢绅之望。上纳其说。郭逵除签书枢密院事，公议不允，公力言之，即罢。

居三月，擢右谏议大夫、参知政事，感激思奋，面议政事，有不尽者，辄密启闻。上手诏嘉之。公与富弼、曾公亮、唐介同心辅政，率以公议为主。会王安石用事，议论不协，既而司马光辞枢密副使，台谏侍从多以言事求去。公言："朝廷事有轻重，体有大小，财利于事为轻，而民心得失为重；青苗使者于体为小，而禁近耳目之臣用舍为大。今不罢财利而轻失民心，不罢青苗使者而轻弃禁近耳目，去重而取轻，失大而得小，非宗庙社稷之福。臣恐天下自此不安矣。"言入即求去，四上章，不许。熙宁三年四月复五上章，除资政殿学士，知杭州。

公素号宽厚，杭之无赖子弟以此逆公，皆骈聚为恶。公知其意，择重犯者率黥配他州，恶党相帅遁去。未几，徙青州，因其俗朴厚，临以清净。时山东旱蝗，青独多麦，蝗自淄、齐来，及境遇风，退飞堕水而尽。五年，成都以戍卒为忧，朝廷择遣大臣为蜀人所爱信者，皆莫如公，遂以大学士知成都。然意公必辞。及见，上曰："近岁无自政府复往者，卿能为我行乎？"公曰："陛下有言即法也，岂顾有例哉？"上大喜。公乞以便宜行事，即日辞去。至蜀，默为经略，而燕劳闲暇如他日，兵民晏然。一日，坐堂上，有卒长在堂下，公好谕之曰："吾与汝年相若也，吾以一身入蜀，为天子抚一方，汝亦宜清慎畏戢以帅众。比戍还，得余赀，持归为室家计可也。"人知公有善意，转相告语，莫敢复为非者。剑州民李孝忠集众二百余人，私造符牒，度人为僧，或以谋逆告狱具。公不畀法吏，以意决之，处孝忠以私造度牒，余皆得不死，喧传京师，谓公脱逆党。朝廷取具狱阅之，卒无以易也。茂州蕃部鹿明玉等蜂聚境上，肆为剽掠，公亟遣部将帅兵讨之，夷人惊溃乞降，愿杀婢以盟。公使谕之，曰："人不可用，用三牲可也。"使至，已縶婢引弓，将射心取血。闻公命，欢呼以听，事讫，不杀一人。

居二岁，乞守东南，为归老计，得越州。吴越大饥，民死者过半，公尽所以救荒之术，发廪劝分，而以家资先之，民乐从焉。生者得食，病者得药，死者得藏。下令修城，使民食其力，故越人虽饥而不怨。复徙治杭，杭旱与越等，其民尤病。既而朝廷议欲筑其城，公曰："民未可劳也。"罢之。钱氏纳国，未及百年，而坟庙堙圮，杭人哀之，公奏因其所在，岁度僧道士各一人，收其田租，为岁时献享营缮之费，从之。且改妙因院为表忠观。

公年未七十，告老于朝，不许，请之不已。元丰二年二月加太子少保，致仕，时年七十二矣。退居于衢，有溪石松竹之胜，东南高士多从之游。朝廷有事郊庙，再起公侍祠，不至。岏通判温州，从公游天台、雁荡，吴越间荣之。岏代还，得见，上顾问公甚厚。以岏提举浙东西常平，以便其养。岏复侍公游杭。始，公自杭致仕，杭人留公，不得行。公曰："六年当复来。"至是适六岁矣。杭人德公，逆者如见父母。以疾还衢，有大星陨焉。二日而公薨，实七年八月癸巳也。

讣闻，天子辍视朝一日，赠太子少师。十二月乙酉葬于西安莲华山，谥曰清献。公娶徐氏，东头供奉官度之女，封东平郡夫人，先公十年卒。子二人，长曰岏，终杭州於潜县令。次即岘也，今为尚书考□□郎。公平生不治产业，嫁兄弟之女以十数，皆如己女。在官为人嫁孤女二十余人。居乡葬暴骨及贫无以敛且葬者，施棺给薪，不知其数。少育于长兄振，振既没，思报其德，将迁侍御史，乞不迁，以赠振大理评事。公为人和易温厚，周旋曲密，谨绳墨、蹈规矩，与人言恐伤之。平生不蓄声伎，晚岁习为养气安心之术，翛然有高举意。将薨，晨起如平时。岘侍侧，公与之诀，词色不乱，安坐而终，不知者以为无意于世也。然至论朝廷事，分别邪正，慨然不可夺。宰相韩琦尝称赵公真世人标表，盖以为不可及也。公为吏诚心爱人，所至崇学校，礼师儒，民有可与与之，狱有可出出之，治虔与成都尤为世所称道。神宗凡拟二郡守，必曰："昔赵某治此，最得其术。"冯京相继守成都，事循其旧，亦曰："赵公所为不可改也。"要之，以惠利为本。然至于治杭，诛除强恶，奸民屏迹不敢犯，盖其学道清心，遇物而应，有过人者矣。

铭曰：萧望之为太傅，近古社稷臣。其为冯翊，民未有闻。黄霸为颍川，治行第一。其为丞相，名不迨昔。孰如清献公，无适不宜？邦之司直，民之父师。其在官守，不专于宽。时出猛政，严而不残。其在言责，不专于直。为国爱人，掩其疵疾。盖东郭顺子之清，孟献子之贤，郑子产之政，晋叔向之言，公兼而有之，不几于全乎！

（录自《皇朝文鉴》卷第一百四十八，《四部丛刊初编》本）

越州救灾记

曾　巩

熙宁八年夏，吴越大旱。九月，资政殿大学士、右谏议大夫、知越州赵公，前民之未饥，为书问属县：灾所被者几乡，民能自食者有几，当廪于官者几人，沟防构筑可僦民使治之者几所，库钱仓粟可发者几何，富人可募出粟者几家，僧道士食之羡粟书于籍者其几，具存，使各书以对，而谨其备。州县吏录民之孤老疾弱不能自食者二万一千九百余人以告。故事：岁廪穷人当给粟三千石而止。公敛富人所输及僧道士食之羡者，得粟四万八千余石，佐其费。使自十月朔，人受粟日一升，幼小半之。忧其众相蹂也，使受粟者男女异日，而人受二日之食；忧其且流亡也，于城市郊野为给粟之所，凡五十有七，使各以便受之，而告以去其家者勿给。计官为不足用也，取吏之不在职而寓于境者，给其食而任以事。不能自食者，有是具也；能自食者，为之告富人无得闭粜。又为之出官粟，得五万二千余石，平其价予民。为粜粟之所，凡十有八，使籴者自便如受粟。又僦民完城四千一百丈，为工三万八千，计其佣与钱，又与粟再倍之。民取息钱者，告富人纵予之而待熟，官为责其偿。弃男女者，使人得收养之。

明年春，大疫，为病坊，处疾病之无归者。募僧二人，属以视医药饮食，令无失所。凡死者，使在处随收瘗之。法：廪穷人尽三月当止，是岁尽五月止。事有非便文者，公一以自任，不以累其属。有上请者，或便宜多辄行。公于此时，蚤夜惫，心力不少懈。事细巨，必躬亲，给病者药食，多出私钱。民不幸罹旱疫，得免于转死。虽死，得无失敛埋，皆公力也。是时，旱疫被吴越，民饥馑疾疠，死者殆半，灾未有巨于此也。天子东向忧劳，州县推布上恩，人人尽其力，公所树循，民允以为得其依归，所以经营绥辑，先后终始之际，委曲纤悉，无不备者。其施虽在越，其仁足以示天下；其事虽行于一时，其法足以传后。盖灾沴之行，治世不能使之无，而能为之备。民病而后图之，与夫先事而为计者，则有间矣。不习而有为，与夫素得之者，则有间矣。予故采于越，得公所推行，乐为之识其详，岂独以慰越人之思；将使吏之有志于民者，不幸而遇岁之灾，推公之所已试其科条，可不待顷而具，则公之泽，岂小且近乎？公元丰二年，以大学士加太子少保致仕，家于衢。其直道正行，在于朝廷；岂弟之实，在于身者。此不著，著其荒政可师者，以为《越州赵公救灾记》云。

（录自《南丰先生元丰类稿》卷第十九，《四部丛刊初编》本）

涑水记闻
司马光

赵阅道抃，熙宁中以资政殿大学士知越州，两浙旱蝗，米价踊贵，饿死者十五六。诸州皆榜衢路，立赏禁人增米价，阅道独榜衢路，令有米者任增价粜之。于是，诸州米商辐凑诣越，米价更贱，民无饿死者。阅道治民，所至有声，在成都、杭、越尤著。张济云。

赵阅道为人清素，好养生，知成都，独与一道人及大龟偕行。后知成都，并二侍者无矣。蜀人云。

至和中，范景仁为谏官，赵阅道为御史，以论陈恭公事有隙。熙宁中，介甫执政，恨景仁，数讦之于上，且曰："陛下问赵抃，即知其为人。"他日，上以问阅道，对曰："忠臣。"上曰："卿何以知其忠？"对曰："嘉祐初，仁宗违豫，镇首请立皇嗣以安社稷，岂非忠乎？"既退，介甫谓阅道曰："公不与景仁有隙乎？"阅道曰："不敢以私害公。"景仁云。

（录自《涑水记闻》卷十四，《丛书集成初编》本）

闻见后录
邵 博

王荆公初参政事，下视朝堂如无人。一日，争新法，怒目诸公，"君辈坐不读书耳。"赵清献同参政事，独折之曰："君言失矣。如皋、夔、稷、契之时，有何书可读？"荆公默然。

（录自《邵氏闻见后录》卷二十）

孝悌里记

过 晸

孝悌里，即衢州西安县西安乡之陈庄保也。今曷取孝悌里名之？县令过晸易之也。何以易之？旌贤也。里有人焉，姓赵名抃，字阅道，庆历三年以秘书丞倅宜州，遭继母丧，泣血扶柩归葬县之盈川乡宣慈保，与弟拊等庐于墓侧，尽哀过礼，迨于终服。予四年冬，移治此邑。五年秋，乡老列状来称孝行者百余辈，遂录其实达乡长，闻诸朝廷。晸因究图经，得古人之行孝者，徐惠谭、郑崇、徐知新，惟三人尔。今又目睹阅道，与古人参，足为邑中之四孝也。及访闻赵氏兄弟性俱孝而友睦，近代鲜与比者。宜乎哉！所居之乡可标其里，而志其善，且以励风俗焉。后之君子无以予为佞也。

赵阅道高斋

苏 轼

见公奔走谓公劳，闻公引退云公高。公心底处有高下，梦幻去来惟所遭。不知高斋竟何义，此名之误缘吾曹。公年四十已得道，俗缘未尽余伊皋。功名富贵俱逆旅，黄金知系何人袍。超然已了一大事，挂冠而去真秋毫。坐看猿猱落置网，两手未肯置所操。乃知贤达与愚陋，岂直相去九牛毛。长松百尺不自觉，企而羡者蓬与蒿。我欲赢粮往问道，未应举臂辞卢敖。

赵孝子传

孙 处

赵抃，衢人，以进士得官，数迁为秘书丞，佐宜州，宜于湖南为最远。其继母卒，以丧归，既葬，与弟拊等庐墓以居，终丧焉。予曩在温，识其弟拊者，孝友温睦，且自道其兄之贤，今抃是也。予尝往来江淮间，见时所谓士大夫麻冠布带，驱犬马，逐群众，嬉然日逐人之门，笑媚丐请，阴窃与商盗争上下，所过州无不有之，州莫能法者，人益幸其丧以自市。以抃观之，彼宜若禽与兽。然抃知为亦古人之常行，以行之者少，故今道其为贤焉。抃诚能以是心一推其所行，抃益可贤也矣。宜乎县以孝弟榜其里，朝廷特以旌其家，盖所以厉风俗也。古人吾不得而见，安得知抃者而见之哉！元祐二年八月一日。

（录自《全宋文》卷二三八八）

寿茔颂序

杨 杰

元丰二年春，资政殿大学士、太子少保赵公连章得谢，归于三衢。是年冬，卜寿茔于先荣国令公兆域之侧，乃自作颂题于壁间。后五年公薨，天子闻讣震悼，辍视朝，优锡赙典，以太子少师告第。太常考行，以清献易名，尚书省集议，金以为当，朝廷从以谥焉，古未有也。公子岊初辞御史，又辞太仆丞，愿就养于南国。上嘉其世孝，诏提举两浙路常平广惠仓，以便养志也。及遭巨创，每视壁间颂，则号慕殒绝，思刻石以广其传，乃属某以序之。某闻患莫大于爱生，累莫重于畏死。至人无己，悟其本不生，故其存也，无所爱达，其未尝灭；故将亡也，无所畏。惟其无爱无畏，乃能致其忠，极其孝，一其诚，而冥于道。至于不殒获于贫贱，不充诎于富贵，见利不亏其义，见死不更其守，仁智周物，应务弥纶，皆其余事也。公之颂章，首曰，"吾政已致"，盖戴吾君从其乞身之请，退而不敢忘其忠也。次曰，"归此山地"，盖言父母全而生之，子全而归之，没而不敢忘其孝也。又曰，"彼真法身，不即不离"，盖不觉本原，实无生灭，一其诚而冥于道也。公其至人乎？来者观其颂，则知公之所存矣。八年冬，杰被命典客访道南游，将离京师，得公子书，至武林，乃为序以寄焉。十一月五日述。

（录自《无为集》卷九，民国宜秋馆刻本）

四库全书总目《清献集》提要

　　臣等谨案:《清献集》十卷,宋赵抃撰。抃,字阅道,衢州西安人。进士及第。历官龙图阁直学士,知成都。神宗时,参知政事,争新法不合,以资政殿大学士出镇越中,再移蜀郡。加太子少保,致仕。卒,谥清献。事迹具《宋史》本传。是集诗文各五卷,所载多有关时事,其劾陈执中、王拱辰疏,皆七八上,可以知其抗直,而宋庠、范镇,亦皆见之弹章。古所称群而不党,抃庶几焉。其诗谐婉多姿,乃不类其为人。王士祯《居易录》称其五言律中《暖风》一首、《芳草》一首、《杜鹃》一首、《寒食》一首、《观水》一首,谓数诗掩卷读之,岂复知铁面者所为? 案皮日休《桃花赋》序称“宋广平铁心石肠”,而所作《梅花赋》轻便富艳,得南朝徐庾体。抃之诗情,殆亦是类矣。乾隆四十六年十月恭校上。

"赵抃全书"后记

　　浙江衢州人赵抃是北宋名臣，为人善良温和，对下层民众生活疾苦满怀同情，深受百姓爱戴，是二十四史中唯一以"铁面御史"而载入史册的人物。他与杭州特别有缘，曾两度任杭州知州，一次任睦州（治今建德梅城）知州，对杭州的历史文化作出重要贡献。

　　纵观赵抃一生，为人正，为官清，为政和，时隔千年仍受后人敬仰。作为曾任浙江省历史学会副会长、杭州市历史学会会长的我，十分钦敬赵抃的人品、政绩和才华。因崇敬而传颂这位浙江历史上的文化名人和清官，既是情之使然，更是责任所在。我 2021 年到衢州江山，寻访考证抗战时期浙江人民保护杭州文澜阁四库全书转运地史迹时，特意到衢州古城参观了赵抃祠，并萌发编撰"赵抃全书"的想法。此心愿得到一直关心地方文化建设、时任衢州市委书记（现任中共浙江省委常委、常务副省长）徐文光的赞同和重视。于是杭衢两地，因缘际会，携手合作。至今"赵抃全书"如愿陆续面世，心中无限感怀。此时此刻我们要特别感谢赵抃故乡的衢州市委宣传部的鼎力支持和热情鼓励。

　　感谢著名宋史学者王瑞来教授在百忙中欣然接受我们的邀请，承担撰写《大宋名臣赵抃》一书的重任。王瑞来教授在海内外宋史学界颇具影响，他于1982 年毕业于北京大学中文系古典文献专业，历史学博士。现为日本学习院大学东洋文化研究所研究员，担任国内河南大学讲座教授、北京大学客座教授、浙江大学兼职教授等，研究方向为以宋代为主的历史学和文献学。他 40 年来单独出版的著作有《宋宰辅编年录校补》《宰相故事：士大夫政治下的权力场》

《宋代の皇帝权力と士大夫政治》等三十一种中、日文版研究和古籍整理著作，刊发论文 300 余篇。在《大宋名臣赵抃》一书中，王教授以史学家独到的眼光下笔，不仅征引资料丰富，而且考述准确，文笔优美流畅，让我们看到了一位有血有肉、生动感人的赵抃。

感谢浙江图书馆古籍部主任陈谊承担《赵抃集》的点校整理工作。他是复旦大学古典文献学博士，现为浙江省文物鉴定委员会委员、浙江省古籍保护中心办公室主任。他在点校整理时，对《赵清献公文集》的存世版本进行了梳理对比，认为现藏国家图书馆的两部存世宋本，皆内容有挖改，文字漫漶；存世的十卷本明正德本，是经过重编整理的本子，内容相对可靠，但字迹也是模糊不堪。只有根据正德本重刻的明嘉靖汪旦刻本，字体尖新，刷印纸墨皆善，且宋本、明正德本之阙文，都已补齐，作为普通阅读本的整理底本，是最为合适的。而嘉靖本也是后世诸本的源头，所以，本次整理点校《赵抃集》的工作底本就选用了明嘉靖汪旦刻本。同时，在嘉靖本有缺误的地方，也选择参考了其他版本，都一一注明来源和依据。总之，陈谊博士认真细致的工作，使本书的标点整理质量极高，为我们今后的赵抃研究工作打下了坚实的文献基础。

浙江省社会科学院历史研究所原所长、二级研究员徐吉军先生，是一位知名的历史学家，现担任浙江省历史学会副会长、杭州市历史学会会长、杭州文史研究会副会长和杭州市政府参事。其学术成就突出，著作等身，曾与学术大师李学勤、陈高华、傅璇琮等先生合作主编有《长江文化史》《黄河文化史》《中国服饰通史》《中国风俗通史》《中国藏书通史》《南宋全史》等多部大型学术著作。他多年来致力于浙江和杭州地方史研究，成果颇丰，获各界好评。他也是《赵抃全书》的主要策划者和编纂者，曾收集了大量的赵抃史料，并负责《赵抃集》《大宋名臣赵抃》两书稿件的审读、联系出版工作和图书前面插页图片的编排等。徐会长告诉我，将依托市历史学会组建赵抃研究专委会，形成一支赵抃研究的文史队伍，十分令人高兴。

　　感谢中国国家图书馆、上海图书馆、浙江图书馆、杭州图书馆，衢州刘国庆先生，摄影家、赵抃后人吴勇韬先生，无私提供相关图片；感谢杭州出版社杨清华副社长及诸位责任编辑认真细致的编辑和美术编辑的精心编排。

　　赵抃经历丰富，政绩斐然，且工诗善书。对赵抃的研究还有很大空间，会随着时间而不断深入和拓展，期待不断会有新的学术成果问世。作为"赵抃全书"书系，目前已出版《赵抃集》和《大宋名臣赵抃》两书，我们还将视情况逐步推出《赵抃与杭州》《赵抃年谱》等书。期盼省内外史学界共同努力，将赵抃研究工作持续推进。

　　鉴于编者水平、资料来源和时间所限，尚有许多缺憾和疏漏谬误之处，恳请专家和读者不吝指正。

赵一新

2023 年 12 月